스스로 있는 여자
women are who they are

장 혜 진

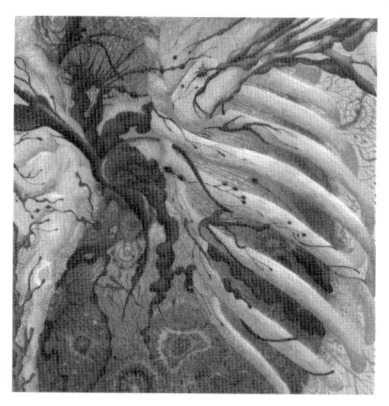

별빛들 신인선

별빛들

작가들, 책들, 영화들, 사랑들, 우정들, 친절들, 무례들, 분노들, 용서들, 여자들, 폭력들, 남자들, 퀴어들, 동물들, 식물들에 빚지어 썼다.

의외로 살아남는 것은 손쉬울지도 모른다. 생존과 죽음은 종이 한 장 차이일지도 모른다. 이런 것 따위 아무것도 아니라는 얼굴로 살아버렸으면 좋겠다. 하품으로 고인 눈물만을 닦으면서.

2025년, 장혜진

목차
TOC

설	7
먹이	45
멀리서 온 거짓말	81
감상 ｜ 최유수	113

설
Seol

아주 작은 얼굴을 가만히 내려다보고 있다. 볼록한 이마를 지나 오똑한 코를 지나, 조금 열린 보드라운 틈으로 달큰한 숨이 색색 흘러나온다. 둥글게 말린 손에 손가락을 가져다 대면 작은 손가락이 평생 그래왔던 것처럼 검지를 감싸고, 그에 홀려있는 뒤통수에 천둥 같은 목소리가 친다.

이것을 위하려면 뭐든 하겠느냐.
예.

명옥은 고개를 돌리지도 못한 채 끄덕인다.

못난 것.

명옥은 잠든 아이를 깨우지 않으려 조심히 들어, 가슴에 댄다. 온기가 닿자 아이는 조금 칭얼대고, 등을 토닥여주자 금세 품을 저고리께를 파고든다. 명옥은 아이의 작은 귓구멍에 속삭댄다.

오늘을 네 생일로 삼자구나.

그렇게 설의 생일이 정해졌다. 함박눈이 숨죽여 쌓이는 한밤중이었다. 명옥의 말이 끝남과 동시에 아이는 적막을 찢으며 우렁차게 울었다. 고요하던 온 산이 장대하게 흔들렸다. 귀한 걸 훔친 것마냥 집까지 아이를 품고 서두른 명옥은, 집에 돌아오자마자 설탕물을 젖에 묻혀 아이의 입에 대었다. 울음은 멈췄고, 눈은 계속 내렸다.

*

몇 해 동안 농사가 좋지 못했다. 큰 흉년이 든 후 사람이 줄고 토지는 묵었는데, 전염병 또한 겹쳐 열 집에 아홉은 비어가니, 땅을 가꿀 사람이 없어 점차 황폐해진 탓이었나. 서양 오랑캐들이 나라를 주무르고, 어린 임금은 힘을 쓰지 못하니 대신들은 제 잇속만 챙기기 바빠, 굶는 백성을 돌보는 자는 없었다. 건넛마을에는 배고픔을 참지 못해 갓난아이를 잡아먹었다거나, 길을 걸으면 버려진 아이들이 발에 챈다거나, 높으신 관리들도 굶주려 죽었다는 말들이 돌았다. 밤에는 호랑이가 내려와 굶어 죽은 사람을 잡아갔다. 그를 직접 본 이들은 없었으나, 사람 낯짝만한 커다란 발자국은 호랑이의 것이라 하지 않으면 설명하기 어려웠다.

명옥이 몸주로 섬기는 신은 아주 오래된 산신이었다. 마을 뒤쪽으로는 세가 대단한 큰 산이 있었다. 명옥은 그를 할멈이라 불렀다. 할멈은 천지를 뒤흔들만한 힘을 가지고 있었다. 마른하늘에도 비가 쏟아지게 했으며, 나무가 베어진 날에는 천둥번개를 쳐 그를 꾸짖기도 했다. 나라가 뒤엎어질 만큼 큰 전쟁 여럿에도 할멈의 산은 신비한 힘으로 멀쩡했다고, 명옥의 어머니의 어머니의 어머니로부터 전해져 내려왔다.

명옥은 대대로 무녀인 집에 늦둥이 막내딸로 태어나, 걸음마를 떼었을 때부터 어머니와 언니들을 따라 장구 장단에 맞춰 춤추는 법을 익혔다. 그때만 하더라도 나라에서 가뭄이 들면 무녀를 찾을 만큼 신과 나라가 밀접했으므로, 명옥의 언니들은 지아비를 손쉽게 찾을 수 있었다. 그러나 날이 갈수록 무를 속된 것이라 칭하는 사람들이 많아지며, 명옥이 머리를 올릴 때가 되어서는 동간네 무인들을 찾기 어려워졌다. 뿐만 아니라 대하는 처지도 불결한 취급을 하였다. 명옥의 어미가 옆 동네까지 명옥의 지아비 삼을 자를 찾지 못하자, 이에 상심한 명옥은 저는 신을 모시지 않겠다 작정하였다. 어머니와 출가한 언니들까지 명옥을 말렸으나, 명옥은 모든 것을 뿌리치고 마지막으로 치성을 드리기 위해 산에 올라갔다. 그러나 그날, 산신의 농간인지 알 수 없는 불길이 산 아래 명옥의 집을 삼켜버리고 만다. 화마로 명옥의 부모 모두 목숨을 잃었다.

 지아비도 없는 처지에 부모까지 한순간에 세상을 떠나자, 홀로 남은 명옥은 더 이상 세상에 바라는 것이 없었다. 명옥은 스스로 명을 끊어 처녀 귀신이 되려는 마음을 품고 엄동설한에 숲으로 향했다. 세상이 제 뜻대로 되지 않을라 치면, 제가 먼저 세상을 뜨면 되는 것이었다. 그렇게 산을 오르던 중 명옥은 깜빡 잠에 들었다. 잠든 명옥의 꿈에 할멈이 스스로 모습을 드러냈다. 할멈은 명옥을 자신의 아이로 삼고자 하였지만, 명옥은 그를 모르는 체하며 뜻하고자 한 바를 계속했다. 그러나 어이한 일인지 그날 밤부터 명옥은 시름시름 앓기 시작했고, 고왔던 피부에 다리에서부터 흉한 물집이 목까지 생기기 시작했다. '옳다구나, 나를 데려가시게.' 온몸을 찌르는 고통 속에도 명옥은 죽을 각오로 산을 올랐다. 그러다 지쳐 냇가에서 잠이 들었고, 그날 밤 꿈 속에서 제게 눈물로 호소하는 부모를 만났다. 꿈이 어찌나 현실 같던지 잠에서 깨어도 제 두 손을 꼭 붙잡던 온기가 쉬이 사라지지 않았다. 결국 그날 명옥은 이제

까지의 모든 결심을 거두고, 할멈의 딸이 되기를 자처하였다.

명옥은 이후 꼬박 닷새 하고도 하루를 더 걸어 산 반대 자락으로 내려가, 개울의 가장 밑 쪽에 작은 신당을 차렸다. 그리고는 삼칠일 간 음식을 입에 대지 않은 채 기도하며 터를 잡았다. 이후 마을에 명옥의 기구한 사연이 소문이 나, 사람들은 연고도 없이 홀로 사는 여인이 괴이하다 하면서도, 마을에 크고 작은 일이 있을 때마다 명옥의 신묘한 힘을 찾았다. 명옥 또한 날마다 바뀌는 하늘빛처럼 입장을 쉽게 달리하는 사람들이 익숙했다. 명옥은 그러면 고운 옷을 차려입고, 입술을 가장 붉게 칠한 뒤 할멈을 불렀다.

할멈. 김가의 종환이 가는 길 편안하게 해주오. 붙잡는 이 없으니 멀리 가서 저승에서 행복하게 지내라고 힘을 빌려주시오.

그러면 할멈은 또렷하고 깊은 목소리로

가엾은 김가의 종환이. 가족 친지 친구 이웃 사랑하는 사람들 걱정 말고 아주 가려무나.

하고 답했다. 명옥은 할멈의 소리를 낼 때면 눈을 총명하고 고개는 빳빳이 자세는 곧아지는 것이 전혀 다른 사람 같았다. 할멈이 명옥의 몸을 빌렸을 때는 설조차 명옥을 똑바로 볼 수 없었다.

설은 명옥이 자신을 딸 삼은 것이 실로 용한 일이라는 생각이 들었다. 스스로 처녀 귀신이 되고자 할 만큼 사는 일에 관심이 없던 제 어미가 저까지 살리려는 마음을 어찌 먹게 되었을까, 목과 팔다리 전체를 덮은 수포 자국을 보면 절로 탄복하곤 했다. 명옥의 춤사위는 늘 신명 났으나, 설은 춤을 추는 명옥을 볼 때마다 어딘가 가슴 한켠이 미어졌다. 가족을 다 잃고 명옥이 새로 얻은 춤사위는 쓰러질 듯 일어서고, 일어설 듯 다시 쓰러져 그 끝을 알 수 없는 것이 제 어미의 삶 같아 자꾸만 눈이 시려운 것이었다.

명옥은 설을 정성을 다해 키웠다. 마을을 돌며 자기 눈조차 마주치기 꺼리는 아낙들에게 빌어 동냥젖을 먹이고, 귀히 가지고 있던 어미의 옥가락지를 팔아 상에 고깃국을 올렸다. 설을 명옥이 구하였다는 점이 자명했으나, 명옥은 오히려 설이 저를 구했다고 입버릇처럼 말했다. 명옥은 할멈이 지아비도 없는 자신을 가엾게 여겨, 자신에게 준 것 중 설이야말로 가장 귀한 것으로 여겼다. 어느 겨울날 기도를 하기 위해 찾은 산자락에서 달빛을 받은 설이 그렇게 있었다고, 할멈이 주신 게 아니라면 갓난아이가 어떻게 그 험한 산에 있었겠냐며 설의 둥근 이마를 쓰다듬었다. 설은 명옥의 감상이 지나친 면이 있다고 생각하면서도, 어쨌든 설이 명옥의 눈에 띌 수 있었던 것은 실로 할멈의 솜씨라 할만하다고 생각했다.

설은 명옥을 제 어머니라 틀림없이 생각하면서도 어떤 날에는 제 부모의 얼굴이 궁금했다. 장에 사내들이 저를 내려보는 눈빛이나, 빨래터만 가면 동네 여자애들이 슬금슬금 저를 피하는 것을 겪다 보면, 설은 명옥의 고운 얼굴과 닮지 않은 이 얼굴이 어디에서 왔을까 궁리하게 되었다. 설은 세상 사람들이 제 뒤에서 하는 말들을 듣지 않는 척하며 전부 담게 되었다. 우물가의 여인네들은 명옥이 이미 혼인한 자와 부정을 저질러 낳은 아이라고도 했고, 한약방의 영감은 마을에 잠깐 들렸던 외국 사신이 마을 여인을 취하고 버린 아이라고도 했다. 용수 엄마는 죽을죄를 저지른 자가 아이까지 벌할지 두려워 버리고 떠났다고 했다.

설은 그런 말들에 마음을 쓰지 않으려 하면서도, 제가 결국은 버려진 아이라는 부정한 생각에 자꾸 고개를 숙였다. 집에 돌아온 설은 그런 체를 하지 않으려 했지만, 명옥은 귀신같이 설이 말수가 적은 날을 알아챘다. 그러면 천연덕스럽게 세상이 온 눈으로 덮였던 그날의 이야기를 새로이 들려줬다. 설을 처음 품에 안은 날이 태어나 가장 많은 눈을 본 날이라며 소리를 높였고, 설은 할멈이 내려준 자식임이 틀림없으니, 그것만으로도 충분하다며 볼을 거듭 쓰다듬었다. 설은 그 말이 도통 무슨 뜻인지 알 수 없어 마음이 어지러워졌지만, 명옥이 제게 써주는 마음과 따뜻한 손길이 좋았다. 작은 등에 큰 손으로 토닥토닥. 설은 명옥이 박자에 맞춰 노래하듯 말하는 목소리를 들으면 모든 시름을 잊은 채 금세 잠으로 빨려 들어가곤 했다.

설의 꿈에는 자주 할멈이 찾아왔다. 어떤 날은 집채만 한 호랑이로, 어떤 날은 끝이 보이지 않을 만큼 거대한 은행나무로, 어떤 날은 허벅지만 한 구렁이로 찾았다. 할멈은 늘 꿈에 나타나 아무 말 없이 설을 노려보기만 했다. 설은 할멈을 피하려 여기저기로 뛰어다녔지만, 설이 가는 모든 골목마다 할멈이 있었으므로 늘 뛰어다닐 수밖에 없었다. 그런 꿈을 꾸고 나면 설은 온몸이 땀에 젖은 채로 잠에서 깼다. 자신의 꿈에 할멈이 나온다는 사실을 명옥에게 들키지 않기 위해, 설은 부지런히 일어나 축축해진 옷을 갈아입었다.

설은 어릴 때부터 범인과 다르게 총명하고 기민했다. 저와 명옥을 해하려는 마음을 품은 자는 눈빛으로부터 미리 알아차릴 수 있었으며, 누가 누구네 집 아들과 몰래 정을 통하는지, 입으로는 위로 칭송하면서도 뒤로는 아래로 보는 이들의 말투 같은 걸 자연스레 알았다. 그러면서도 그를 함부로 입 밖으로 뱉지 않을 만큼 영특했으므로, 단연 마을에 설만큼 명석한 아이가 없었다. 명옥은 그런 설이 세상일에 예민하고 사소한 기운까지 잘 느끼도록 타고났다며, 혹 귀신들의 장난 거리가 될지 걱정하곤 했다. 눈이 밝은 이는 가장 구석의 어둠까지 잘 보이는 법이었다.

설이 여섯 살이 되던 해, 명옥이 굿을 지내느냐 옆 마을까지 갔다가 늦게 돌아오는 밤이었다. 눈꺼풀이 무거워지는 와중에도 밤눈이 어두운 제 어미가 길을 놓칠까 염려되어, 설은 집에 하나 있던 촛불을 들고 집 앞을 나섰다. 길을 밝히려 자꾸 발을 내딛다 보니 어쩌다 발길이 이어져 마을 입구까지 향하게 되었다. 와중에 낯선 여인의 소리가 들렸다.

아이의 몸을 한 주제에 품행이 어른의 것과 같구나.

눈이 어두워 고개를 쭉 빼고 초를 최대한 멀리 밀어보

자, 저 멀리서 뒷걸음으로 걸어오던 큰 키의 여인이 얼굴만을 돌려 설을 보고 있었다. 순간 섬뜩한 기운이 설의 척추를 타고 오금을 시리게 했지만, 애써 낯을 가다듬고 찬찬히 살펴보니 생김새도 말끔하고 입가를 곡선으로 잇는 웃음까지 걸려있던 터라 설은 의심치 않고 답하였다.

모친의 마중을 나온 길이오.

단정한 설의 목소리에 여인이 노래하듯 답을 이었다.

산신을 모시는 무당말인가. 오늘은 하룻밤 묵고 내일 온다고 했소.

내 모친을 보았는가.
지나는 길에 보았지.
그런데 어찌 그가 내 모친임을 아는가.
몸새가 대나무만큼 곧고 단단한 것이 그를 똑 닮았구려.

설은 여인이 하는 행세가 영 혼란스러워, 명옥이 대추나무를 깎아 만들어준 부적을 손에 꼭 쥐었다. 여인의 눈이 힐끗 설의 손 쪽으로 향하는 듯했다. 여인이 간사한 입꼬리를 더욱 올리며 물었다.

범인으로 살기에는 남다른 팔자인데 어찌 아직 무복을 입지 않았는가.

설은 땀이나 미끄러지는 부적을 다시 꼭 쥐었다. 설은 겉으로는 늘 만나는 벗을 보듯 편안하였으나, 속으로는 심이 어지러워 정신이 혼미하였다. 그를 보는 여인의 입이 길게 찢어져 귀와 귀 사이를 전부 이었다. 설은 음한 것들은 겁먹는 틈을 보이면 더 활개를 친다는 명옥의 말을 떠올리며, 떨어지지 않는 입술을 억지로 떼어 부러 큰소리로 답을 내놓았다.

신이라는 게 섬길 만큼 그리 대단한가. 믿으면 신이고, 믿지 않으면 신이 아닌 것을.

여인은 크게 웃음을 터트리더니, 이내 고개를 돌려 다시 앞을 봤다. 웃는 여인의 어깨가 떨렸다.

맞는 말이다. 암. 맞는 말이지.

말에 웃음기가 묻어 나왔다. 여인은 서 있는 행태가 마을 앞 세워둔 장승을 사이 두고 설과 대치하고 있었는데,

그를 앞에 두고 마을 안으로 한 발을 뒤로 내딛을까 말까 고민하는 듯하였다. 기묘한 춤을 닮았다고 설은 생각했다. 여인은 이내,

내 이 마을에 들러 굶진 배를 채우고자 하였으나, 자네와의 대화가 흥이 났던 지라, 내 오늘은 그냥 돌아가야겠네.

하고 순식간에 사라져 버렸다. 여인이 사라지며 북쪽으로 확 하고 바람이 설을 덮쳤는데, 그 탓에 들고 있던 촛불이 꺼져 암흑이 되었다. 그대로 설은 혼비백산하여 정신을 잃고 눈을 뜨니, 명옥이 걱정스러운 눈초리로 자신을 내려다보고 있었다. 명옥은 밤사이 건너는 다리가 무너졌다며 아침에서야 겨우 조각배를 구해 돌아왔다고 했다. 오던 길에 마을 어귀에 쓰러져있던 설을 보게 되어 놀라 업어 돌아왔다는 것이었다. 설은 순간 간밤의 일이 제가 꾼 꿈은 아닌가, 가위라도 눌려 저도 모르게 잠 중에 행한 짓인가 싶었다. 설은 명옥에게 간밤의 일을 상세히 고했고, 명옥은 집안에 소금을 치고 팥을 구석마다 두었다. 그러나 그날 이후로 대추나무 부적은 온데간데없이 사라져 찾을 수 없었다.

이런 일이 있고서야 명옥은 설이 혹여라도 자신과 같은

처지가 될까 봐 걱정하며 날마다 긴 숨을 내었다. 설의 귀문이 열려있으니 항시 조심해야 한다는 것이었다. 신을 모시고 사는 덕에 명옥은 늙지 않고 자태가 늘 옥처럼 고왔음에도 그랬다. 흰머리 하나 나지 않고 눈가에 주름 하나 생기지 않은 명옥은 마을 아낙네들이 수군거리기도 할 만큼 처녀 같았다. 그러나 보이지 않는 곳에서 명옥은 자주 아팠다. 어떤 날은 이부자리에서 꼼짝을 할 수 없이 온몸이 고통스러웠고, 어떤 날은 밥 한 숟갈 뜨지 못할 만큼 헛구역질이 계속됐다. 그런 밤이면 명옥은 자신이 신을 받지 않을 수 있었다면 백번 그렇게 했을 것이라고 설의 손을 잡고 말했다. 신을 받은 이후로 명옥은 종종 아무 이유 없이 아팠다. 명옥의 병은 할멈이 신을 받지 않으려 했던 명옥에게 내리는 벌이었다. 마음씨가 좋지 않은 신들은 신내림을 받았어도 제 자식을 툭하면 괴롭히곤 했다.

설은 그런 중에 온통 할멈만을 모시던 명옥의 마음이 자신에게 쓰이는 것이 눈치가 보였다. 고뿔에 걸린 자신을 돌보기 위해 명옥이 독경을 미룰 때나, 당신의 딸이 놀림 받지 않도록 장에 갈 때는 한 걸음 뒤에서 걷는 일 같은 것이 설은 죄를 짓는 마음이 들었다. 명옥이 몸져누운 날이면 설은 명옥의 차가운 손을 거듭 주물렀다.

*

　설이 저 혼자 머리를 땋을 수 있게 된 즈음에는, 따가운 볕 밑으로 산만큼 커다랗고 검은 배가 부두에 닿았다. 먼 곳에서 온 배는 옆 마을의 큰 항구로 가기 마련이건만 왜인지 이번은 경우가 달랐다. 작은 해안가가 배 하나로 가득 찼다. 부지런히 해가 뜨기도 전에 닻을 내린 배 안의 사람 중에는 조선인이 대부분이었지만, 그중에는 키가 장승처럼 크고 코가 높은 벽안의 서양인도 있었다. 이 서양인은 조선말이 능숙하여 각종 값나가는 것들을 주며 자신들에게 먹을 것과 쉴 곳을 달라고 부탁했다. 배 안의 거의 모든 이가 긴 항해로 인해 지치고 병들어 있고, 가장 심한 사람은 고열에 정신도 차리지 못한 채 말이 되지 않는 소리만을 내질렀다.

　내가세상에화평을주러온줄로생각하지말라화평이아니요검을주러왔노라내가온것은사람이그아버지와딸이그어머니와며느리가그시어머니와불화하게하려함이니사람의원수가자기집안식구리라*

*
마태복음 10 : 34-36

혼미한 지경에서 하는 소리가 예사롭지 않은 듯했으나, 배를 타고 있는 모두 익숙한 듯 그를 무시한 채 지냈으며 구태여 숨기려고 하지도 않았다. 마을 아낙이 꿀물을 입가에 대 흘려보내자, 소리치던 사내는 그제야 편안하게 잠들었다. 마을의 가장 큰 어르신인 권 대감은 뱃사람들을 자신의 집으로 데려가 먹였고, 배에서 나온 물건 중 값이 되는 것은 자신이 챙기고 나머지는 한데 모아 서울에 보낼 곡식을 두는 조창 한구석에 넣은 뒤 꺼내지 않았다.

설이 그들을 보게 된 것은 배를 타고 온 열 사람 중 넷이 결국 병을 이기지 못해 죽고, 그중 몇은 남기로 결정하여 제 집을 얻어 살게 되었을 때쯤이었다. 배가 온 뒤로 마을에 도는 기운이 영 좋지 않았다. 설은 어렸을 때부터 어떤 일이 나기 전 그를 미리 아는 재주가 있었다. 마을에 큰 홍수가 났을 때도, 충청감사 양반이 갑자기 급체로 명을 달리할 때도, 달이 해를 가려 한낮에도 사위가 어두워질 때도 귀에 털이 바짝 서고 등골이 오싹한 느낌이 들었다. 자꾸만 귓가에 누군가 중얼거리는 소리가 퍼졌다. 설은 마을로 퍼지는 그 소리가 점점 더 큰 것을 불러올 것 같은 생각이 들어 아랫입술을 물었다.

모두의 생이 흉흉한 가운데 동네에 천주님 소리가 돌았다. 배에서 나온 서책을 누군가 몰래 훔쳐 돌려 읽기 시작했던 것인데, 마을에 남은 벽안의 서양인과 배에 탔던 조선인들이 사람들을 모아 가르치기까지 하면서 들불처럼 번지기 시작한 것이다. 서양인은 그간 설이 봐온 청년들과 달리 아낙에게도 건네는 말투가 사근사근한 것이 간지러운 면이 있었다. 천주쟁이들은 저녁이면 그 서양인을 신부님이라 부르며 작은 집에 모여 다 같이 책을 소리 내 읽었다. 밥 짓는 연기가 사그라들고 나면 조용히 웅얼거리는 목소리가 마을에 가만히 퍼졌다.

마을 대감들은 신부님에 대해 아는 게 없었지만, 논하는 것은 많았다. 저 멀리 서울에서는 이 요사스러운 서교를 믿다가 들키면 죽을 수도 있다고, 그래서 이 골짜기까지 내려온 것이라고 못마땅해했다. 어르신들은 천주교가 무서운 것이라며 뱃사람들을 멀리하면서도 그들이 무얼 먹고 무얼 입으며 어디서 자는지 궁금해했다. 설은 어르신들이 그들을 난잡하고 허황한 것이라 일컬으며 하는 낯이, 명옥의 굿을 볼 때의 낯과 같다는 것을 알았다. 그것은 알지 못하는 것을 볼 때의, 그래서 두려운 것을 볼 때의 낯이었다.

설은 천주쟁이들이 무섭지 않았다. 어릴 때부터 신들과 자란 설은 천주님이란 또 다른 신에 불과했다. 명옥의 할멈, 천제, 제석, 성주, 대감, 집을 지키는 성주신도, 아이를 점지해 주는 삼신도, 상제도 전부 신이었다. 만신의 집에서 자란 덕에 다양한 신령님들을 모시는 법을 설은 알았다. 설에게 신은 살며 느끼는 모든 것들이었다. 하늘에 펼쳐진 무지개, 솔잎을 갉아먹는 벌레, 가는 길을 멈춰서 쉬는 노인의 숨, 사람을 해하고자 하는 못된 마음. 원수를 용서하는 마음, 해가 뜨고 지는 일, 심지어 가장 더러운 변소에도 모든 것에 신이 있었다.

바람을 타고 천주님 소리가 퍼지고 난 뒤에는 명옥을 찾는 사람들이 적어졌다. 사람들은 처음에는 천주니 예수니 하는 것들이 요사스럽다며 그들을 살살 피해 다녔지만, 점차 입장을 바꿔 머뭇거리기 시작했다. 사람들 사이에서 천당이니 지옥이니 하는 말들도 생겨났고, 재난을 면하고 오래 살 수 있다는 말에 하나둘 예수를 믿었다. 사람이 죽어도, 아들이 공부하러 먼 길을 떠날 때도, 옆 마을과 혼사를 알아볼 때도 명옥의 집에 발걸음 하지 않았다. 명옥은 세상에 망조가 들기 시작했다며 자주 중얼거렸고 할멈이 설의 꿈에 나오는 경우도 적어졌다. 설은 매일 명옥을 도와 신당을 닦고 불을 피우면서 남몰래 할멈의 이름을 불렀다. 할멈. 할멈. 답은 없었다.

먹을 것을 잘 취하지 못하자 명옥의 병은 깊어만 갔다. 그 사이 나무의 잎이 다 떨어지고, 동장군이 기운을 얻어 활개를 치며 밤이 길어졌다. 달에 한 번 드러눕던 명옥이 이제는 주에 한번 꼴로 누워 꼼짝을 못 했다. 제일가는 의원을 데려와 보여도, 아리송한 얼굴로 맥을 짚더니 정확한 원인을 모르겠다며 기운을 돋는 데 도움이 되는 약만 지어주고 가는 것이었다. 아무리 약을 정성 들여 달여도 명옥이 기운을 차리지 못하고 누워 지내는 날만 길어지자, 설은 아무래도 제가 무슨 일이라도 해 돈을 벌어야겠다 싶었다. 그러나 내림굿도 받지 않은 자신이 할 수 있는 일이라고는 허드렛일밖에 없었고, 그나마 무당집에서 사는 자신을 쓸 사람도 마을에는 없었다.

그러다 얼마 지나지 않아 설은 신부님네 집안일을 거들게 되었다. 장에 갔다가 우연히 사람을 구한다는 말을 들은 설이 그 길로 신부님네 집을 찾아가 저를 받아줍사 하고 엎드린 덕이었다. 코가 높고 눈이 요사스럽게 밝은 서양인을 모시기를 마을 아낙들이 꺼리는 까닭도 있었다. 명옥이 알면 쫓겨날 일이기에 망설였지만, 설은 바닥만 보이는 쌀통에 쌀을 넣을 다른 방법을 알지 못했다.

신당 청소를 마치고 설은 몰래 마을 중앙에 있는 신부님 집으로 갔다. 집안을 조금 닦고 밥을 안치고 나면 신부님은 다른 양반집에서 받을 수 있는 것보다 더 되는 돈을 줬다. 신부님은 천주께서 신분에 상관없이 같게 대하라 하셨다며 두툼한 주머니를 내밀었고, 설은 신부님이 모시는 신은 돈이 아주 많은 모양이라고 생각했다. 신부님은 상투를 나이가 한참을 지났음에도 아녀자가 없다고 했다. 자신이 모시는 신이 그를 죄로 여기신다고 그랬다. 설은 지아비가 없는 명옥의 등을 생각했다. 가끔 이부자리를 봐주고 돌아보는 명옥의 등이 서늘해 보일 때가 있었다. 설은 신이 신부님의 함께함을 막는다니 신부님의 신은 참으로 괴팍한 신이구나 생각하면서도, 신부님의 처지 또한 안타까워 괜히 눈꼬리가 샐쭉해졌다. 그래서인지 가끔 깨끗이 빤 천으로 마루의 먼지를 훔치고 있으면 넘어오는 목소리를 설은 가만히 듣고 있기도 했다.

하나님 아버지 우리를 사랑하시어 당신의 소유로 삼으시고…

설은 신부님이 모시는 신이 그처럼 부드러운 목소리를 가졌을지 궁금했다. 설이 알고 있는 신들은 백 년 묵은 구렁이나, 옆 산의 백호랑이나, 할멈처럼 울부짖는 천둥 같은 목소리를 갖고 있어 깜짝깜짝 놀랄 때가 한둘이 아니었다. 신부님의 목소리를 가만히 듣다 보면 한 번도 보지 못한 제 아비란 사람에 대해 생각하게 되는 것이었다. 제게도 아비가 있었다면, 이렇게 다정한 말씨로 "설이야" 하고 불렀을까 싶어 새롭게 슬픈 마음이 들었다. 하루는 신부님네서 밥을 안치려는 데 부엌 너머로 신부님이 예의 그 부드러운 소리로 설을 불렀다.

설아.
예, 신부님.
글자가 작은데 내 눈이 침침해 잘 보이지가 않는구나. 이것을 한 번 읽어주지 않겠니.

쌀을 씻던 손을 서둘러 치마에 닦고 받아 든 종이는 검은색 선들이 서로 꼬여 혼란했다. 설은 눈앞의 청을 들어주지 못하는 것이 송구스러워 고개를 바닥 가까이 숙였다.

글을 읽지 못합니다.
그렇구나.

신부님은 천천히 고개를 끄덕인 그날 이후로 일을 마친 설을 불러 글을 가르쳤다. 설은 조선인도 아닌 양이에게 글을 배운다는 점이 사뭇 웃음이 나와, 붓을 든 손이 떨리지 않도록 기력을 써야 했다. 기역과 니은 디귿을 떼자, 설은 이제 자신의 이름도 명옥의 이름도 쓸 수 있었다. 그때부터는 서양에서 왔다는 책을 소리 내 읽게 했다. 설은 신부님이 건넨 책을 조심스럽게 펴면서도, 글자들이 눈에 들어올수록 손아귀에 힘이 들어갔다.

하와가 그 나무를 본즉 먹음직도 하고 보암직도 하고 지혜롭게 할 만큼 탐스럽기도 한 나무인지라 하와가 그 실과를 따먹고 자기와 함께한 남편에게도 주매 그도 먹은 지라 이에 그들의 눈이 밝아 자기들의 몸이 벗은 줄을 알고 무화과나무잎을 엮어 치마를 하였더라*

서책에는 천주가 일곱 날 만에 세상을 만든 재미난 이야기가 적혀있었는데, 신부님은 하와와 아담의 죄가 무거워 인간이 천국에서 쫓겨나 살게 된 것이라 말을 덧붙였다. 그러나 의뭉스럽게도 설의 읽기는 조금 달랐다. 황송하게도 저만 알고 신부님은 모르는 것이 있는 탓이었다.

*
창세기 3 : 6-7

설이 이제껏 살며 만난 여자들은 먼저 나서 제 것을 스스로 챙길 줄 알았다. 설의 눈에 하와는 신과 남자가 하지 말라 하여도 결국 실과를 따먹었으니, 이는 제가 하고 싶은 바를 알고 행한 자였다. 체면을 차린답시고 굿판에서 구경만 하는 남정네들과는 달리, 아낙들은 기꺼이 버선발로 뛰고 방울을 흔들었다. 이는 단순한 몸짓이 아니라, 신과 여자가 가깝기 때문에 가능한 것이었다. 여자들은 그 덕에 조금의 기색에도 상대의 속을 훤히 알았고, 남의 아픔을 제 것 마냥 고통스러워할 줄 알았다. 하와 또한 그러하였으리라. 뱀의 수작을 꿰뚫지 못하였을 리 없었고, 그럼에도 불구하고 계속해서 새로운 것을 탐했을 것이라 생각했다. 이런 하와의 재치들이 설을 기쁘게 했다. 그러나 어쩐지 그 생각을 신부님께 고하기는 불경스럽게 느껴져 이를 입 밖으로 내놓지는 않았다.

한 구절을 다 읽으면 신부님은 동그란 사탕을 줬다. 그를 입안에서 굴리며 집에 가는 것이 설은 점점 재밌어지기 시작했다. 점차 설은 저와 제 어미가 지켜온 신당을 휘젓는 신부님이 밉다가도, 한순간 저를 받아준 게 고마워 마음이 자꾸만 갈지 자를 그렸다. 어느 날은 그런 자신이 스스로조차 생경하여, 신부님께 왜 천주쟁이도 아니고 무당의 딸인 자신을 부리기로 했냐 물은 적이 있었다. 신부님

은 하하 웃더니,

　나와 눈을 똑바로 마주하는 자가 무당의 딸밖에 없으니, 소용이 있나. 그를 집안에 들이는 수밖에.

　하며 낮게 웃었다. 애초에 자신이 이 먼 나라에 온 것이 무지한 자들에게 하나님의 말씀을 전하기 위함이니, 무당의 딸이건 귀신의 딸이건 상관없다고 하였다. 신부님이 조선말을 아무리 능숙히 잘한다고 하더라도 다른 냄새가 나고 다른 생김새를 가진 터라, 그를 똑바로 마주하는 자가 마을에 잘 없었다. 특히 서양인의 눈동자는 보고 있으면 기분이 오묘해질 정도로 어느 날은 푸르렀다가 어느 날은 초록빛이 돌았는데, 검은 머리에 검은 눈동자만 보던 조선인들은 이를 곁눈으로 구경하듯 쳐다보기 마련이었다. 설은 서양인이야 귀신보다 새롭지 않았으니, 그 생김새야 신경을 쓸 바가 아니었다.

　글을 익히느냐 설이 집에 돌아가는 시각이 점점 늦어졌다. 그런 설을 명옥은 곁눈으로 흘겼지만 어디서 무얼 하다 오냐고 묻지는 않았다. 설 또한 그를 애써 모른 체하며 밥상을 차렸다. 제가 신부님 집에 드나드는 것을 알면 명옥은 기함할 것이 뻔했다. 제 어미는 벌써 며칠째 병이나 음식을 제대로 넘기지 못하고 있었다. 설은 정성껏 죽을 끓여 명옥 앞에 놓았다. 수저를 들어 후후 불고는 명옥의 입가에 대었다. 명옥은 고개를 가로저었더니 말했다.

　아랫동네 사는 덕춘네, 복점네, 소명네, 순덕네, 정임네 다 천주쟁이가 되었다. 딸들이 열병을 앓아누웠을 때 부적을 써달라고 밤길을 달려온 것이 눈에 선한데 그것들이 이제는 나와 말을 섞으려고 조차 안 한다. 이를 어찌하면 좋으냐. 설아. 어찌하면.

　이제 더 이상 할멈을 두려워하는 사람은 없었다. 설은 자신의 어미가 겪었을 수모가 눈에 선해서 마음이 미어졌지만, 도무지 마을에 신부님 말고는 제가 쌀을 벌 방법이 없었다. 설은 명옥의 눈을 피했다.

　어머니. 일단 드서요.

　명옥이 겨우 몇 숟갈을 입에 넣는 걸 보고서야 설은 자신도 수저를 들었고, 죽을 가득 남긴 명옥은 곧 등을 보이며 돌아눕더니 조용했다.

　보통 병으로 몸져누우면 간단히 푸닥거리하여 상서롭지 못한 기운을 끌어내면 되었다. 마을 사람들은 무당인 명옥에게 그를 부탁하여 기운을 끊어냈지만, 의뢰할 형편이 되지 못하거나 병이 깊지 않을 때는 마을 아낙들이 직접 행하기도 할 만큼 손쉬웠다. 조 한 줌이나 간단한 제사상을 병자의 머리맡에 삼 일간 두었다가, 그를 들고 병자의 머리 위를 빙빙 돈 다음 세게 내려치면 되는 일이었다. 으레 어른들은 그런 것들을 자연스레 알았다. 그러나 명옥의 병은 그런 것으로는 내치지 못할 아주 오래된 것이었다. 이유도 없이, 생각지 못할 때 찾아와 매번 명옥을 절망케 했다. 명옥은 점점 그에 지쳐가고 있었다. 설이 뒷모습을 보다가 상을 치워 나가려는데 명옥이 입을 열었다.

이제 할멈 소리가 들리지 않는구나.

나직한 명옥의 말은 귀를 기울여야 겨우 들을 수 있었다. 설은 순간 무슨 말이라도 하려 입을 벙긋거렸지만, 차마 어떤 말도 꺼내지 못하고 다시 삼켰다. 설은 텁텁한 것을 목 아래 둔 채 조용히 방에서 빠져나왔다. 돌아본 명옥의 뒷모습에 흰머리가 몇 가닥 삐져나와 있었다.

젊을 적 만신 명옥의 기세는 대단했다. 자세는 곧고 눈매는 또렷하여 범과 같은 기운에 대감님들조차 명옥의 낯을 제대로 바라보지 못했다. 굿을 하기 위해 철릭을 펼쳐

입으면, 구름이 가득하던 하늘도 맑게 개고 울던 아이도 울음을 멈췄다. 명옥은 집 안에만 머무는 참한 아낙들과는 다르게 모르는 신이 없었으며, 그를 달래고 모시는 법을 전부 알았다. 명옥은 평생 혼자였지만, 한 번도 외롭지 않았다. 아주 작은 소녀였을 때부터 온 가족이 명을 달리 했을 때까지, 명옥을 타이르고 돌봐주는 신들이 곁에 있었다. 그의 목소리들로 쫓지 못하는 귀신이 없었으며 보지 못하는 앞일이 없었다. 그런 명옥은 먼 동네까지도 소문이 자자했고, 멀리 시집을 간 아낙들도 부러 걸음을 해 명옥에게 부적과 기도를 부탁했다. 명옥은 제가 어떻게 방울을 흔들어야 하는지, 춤을 출 때 팔을 어떻게 휘둘러야 하는지, 마치 태어날 때부터 그러했던 것처럼 알고 있었다.

그런데 명옥이 이제는 점점 기운을 잃어갔다. 기도를 올려도 돌아오는 것은 그저 고요함뿐이었다. 할멈의 존재가 느껴지지 않는다고 했다. 명옥은 신을 받기 전과는 또 다른 침묵 속에서 헤매었다. 기도할 수도 없고, 하지 않을 수도 없는 속에서 명옥은 외로웠다. 신을 잃은 것은 길을 잃은 것과 같았다. 입안의 음식을 씹거나 숨을 들이쉬었다 내쉬는 간단한 일조차 행하는 법을 전부 까먹은 것처럼, 이전까지 어떻게 해 왔는지 전부 낯설었다.

명옥은 점점 심하게 앓았다. 자리에서 꼼짝을 못 한 채 열병이 심했다. 온몸이 불처럼 뜨거웠다. 젖은 수건으로 명옥의 몸을 자꾸 닦으면서 설은 이번에는 할멈이 정말로 제 딸을 데려가려 하는가 덜컥 겁이 났다. 명옥은 정신을 차리는가 싶더니 다시 심해지고, 말도 안 되는 헛소리를 하다가 다시 정신이 또렷해졌다. 설은 명옥의 가슴을 누르면서,

비나이다. 아픈 것을 멀리 가져가시오.

하고 빌었다. 누구에게 비는지도 자신도 모르게, 그저 온 마음을 다해 빌었다. 어렸을 적 자신이 앓아누웠을 때 명옥이 하는 것을 따라 하는 것이었다. 설은 명옥이 잠든 것을 확인하고 잠자리에 들었다. 싸늘한 이부자리에 자꾸 코끝이 아파서 설은 손으로 코를 자꾸 문질렀다. 아직은 무너질 때가 되지 못하였다.

＊

 밤은 점점 길어져, 연중 가장 길다는 동짓날 밤까지 닿았다. 명옥의 병은 심해져만 갔고, 설 또한 곡기를 하지 못한 것도 벌써 여러 날이었다. 무엇을 먹지 못하니 몸에 기운이 없어 밤이면 지쳐 쓰러지기 마련이었다. 그런 중 가장 깊은 밤, 아주 오랜만에 할멈이 꿈에 나타났다. 긴 어둠 속에서 할멈은 산이기도 했다가, 하늘이기도 했다가, 달이기도 했다. 뱀이기도 했고, 어린 아이기도 했으며, 동시에 허리 굽은 노인이었다. 할멈은 평소와 달리 저를 보는 눈빛이 부드러웠는데, 그것이 건강하던 명옥의 것과 닮아, 설은 뜨거운 것을 꿀꺽 삼켜야 했다. 아린 마음을 꾹 참고 있는 설을 빤히 보던 할멈은, 제가 서 있던 자리에서 비켜나 설이 그를 지나가도록 하였다. 설은 그런 할멈을 의아하게 보면서도, 내 막혀있던 그 길을 가지 않으면 안 될 것 같아 이를 악물고 골목을 달렸다. 달린 곳에는 또 골목이 나왔고, 또 다른 골목이 이어졌다. 한참 달리다 보니 설은 제가 무언가를 두고 왔다는 생각이 들었다. 자신이 아주 귀히 여기는 것이었는데, 그것이 뭔지 도통 기억이 나지 않았다. 돌아가 그것을 가져와야 한다는 생각이 들었지만, 이미 달리기 시작한 다리는 멈출 수 없었다. 지친 몸으로 모든 골목을 달리고 나자 꿈에서 깼다.

사흘 전 관아에서 신부님과 신부님 집의 사람들을 모두 잡아갔다. 평소와 다름없이 걸음한 신부님 집이 온통 난리였는데, 마루는 물론 방문까지 전부 활짝 열린 채 온갖 책들이 버려져 있고, 십자가가 바닥에 널브러져 있었다. 마당에는 핏자국으로 보이는 검붉은 것들이 흩뿌려져 있었다. 설은 서둘러 사람들의 집을 찾아갔다. 문을 두드렸지만 전부 답이 없었다. 몇 군데는 열린 대문 사이로 혼란한 꼴이 비쳤다. 살림살이가 널브러져 있고, 검붉은 얼룩들이 군데군데 있었다. 큰일이 난 것이다. 그것도 아주 큰일이. 설이 자주 드나들던 약방의 영감에게 신부님의 행방을 묻자, 영감이 어두운 표정으로 입을 열었다.

밤사이 관아에서 사람들을 싹 잡아간 모양이다. 천주쟁이를 모두 잡아드리라 했다면서. 신붓집에 드나든 것을 전부 잡아갔으니, 그 서양인도 무사할지 알 수 없다.

차마 영감의 문장이 끝나기도 전에, 척추를 타고 불길한 기운이 설을 덮쳤다. 눈앞에 산처럼 쌓인 시체들의 잔상이 선명하게 떠올랐다. 설은 몰려오는 쓰린 마음에 아랫입술을 꽉 깨물었다. 제가 할 수 있는 것이 아무것도 없었다.

영감은 천주쟁이를 나라에서 어떻게 벌하는지 자세히 알고 있었다. 제 친척이 잡혀들어가 모두 죽임을 당했던 터였다. 설은 무엇이라도 해야 할 것 같은 마음이 들었지만, 영감이 하는 말을 찬찬히 들어보면 오히려 저까지 잡아가지 않은 것을 귀히 여겨야 했다. 당장이라도 거리로 나가 무슨 말이라도 마구잡이로 소리치고 싶었지만, 설은 저와 제 어미의 안위를 위해 그를 꾹 참았다. 그러나 집으로 돌아온 설은 의식도 없이 누운 명옥을 보자, 그간 아무 소리도 입 밖으로 나오지 않던 것이 결국 울음처럼 터졌다.

어머니, 어머니 너무 많은 죽음이…

미동 없는 명옥을 붙잡고 설은 어찌할 줄 몰라 명옥의 이마만 거듭 쓰다듬었다. 제 삶이 이리 구슬픈데 아픈 어미는 답이 없었다. 설이 눈물만 뚝뚝 흘렸다. 다음 날부터 하루가 멀다고 죽은 자가 나왔다. 천주를 버리고 배교를 하면 목숨은 살려주는 모양이었지만, 거의 모든 자가 목숨을 바쳤다. 설은 꼭 필요한 일이 아니면 출입하지 않고, 그저 집안에서 숨죽여 지냈다. 설은 뱃속이 영 불편한 것이 음식을 먹어도 소화가 되지 않고, 누워있어도 그것이 불편해 누울 수 없었다. 사람들이 계속 죽어 나가니 가만히 살아 숨 쉰다는 것만으로도 자신이 큰 죄를 짓고 있는 듯한 기분이 들었다.

 할 수 있는 것은 밤낮으로 신당에서 기도를 올리는 것뿐이었다. 억울하게 죽은 혼이 너무 많았다. 옥 중에 병들어 죽는 이도 많았고, 스스로 목숨을 끊는 이도 많았다. 누구는 돌에 맞아 죽었고, 누구는 가슴에 못이 박혀 죽었다. 모두 제가 아는 얼굴들이었다. 그런 영상들이 너무나 또렷하게 설에게 다가왔다. 관청 앞에는 시신을 늘여놓은 줄이 길게 늘어져 마을 전체를 뒤엎을 지경이었다. 소식을 들은 가족들은 그곳에서 제 피붙이를 찾아 통곡하였다. 잘린 다리뼈가 튀어나와 있는 채 죽은 사람, 온몸이 밧줄로 묶인 채 피멍이 들어 죽은 사람, 제 부모를 따라가 함께 매질을 당해 죽은 아이, 스스로 혀를 물고 온통 피 칠갑으로 죽은 사람. 곡소리가 반나절을 넘게 계속되었고 그 소리는 마을 전체에 퍼져 귀에서 떠나질 않았다.

 마을 전체의 사정이 이러하니, 설이 먹을 것을 구할 곳도 없었다. 그나마 있던 것도 명옥의 입에 넣고 나니 정말 먹을 것이 없었다. 눈을 감으면 죽은 이의 얼굴들이 지나가다가, 눈을 뜨면 신당이었다. 그날도 신당에서 쓰러지듯 잠든 밤이었다. 어깨맡이 시려 잠에서 깨니 아직 밤중이었다. 밤이 길어 아침이 얼마나 멀리 있을지 가늠도 되지 않앉다. 순간 제가 아주 늙어버린 기분이 들었다. 몇백 년을 산 구렁이처럼, 계속 그 자리를 지켜온 큰 산처럼, 아주 오랫동안 이곳에 있었던 기분이었다.

설은 제단을 올려다보면서도 이 모든 것이 전부 거짓 같다는 생각이 들었다. 천주는 먼 서양에서 온 신이며, 제가 알고 있는 많은 신 중 하나였고, 제 어머니들이 지켜온 신당을 허물고 있는 악재였다. 그렇지만 그 천주를 믿는 자들이 죽음길에 드는 모습을 떠올릴 때마다 수많은 슬픔이 가슴을 스쳤다. 천주가 정말 그토록 위대하다면, 왜 이들을 지키지 않는 것일까. 설은 잡혀간 신부님과 사람들이 안타까워 명치끝 무언가가 아리면서도, 동시에 그런 제 마음이 낯설었다.

제 어미는 곧 죽을 모양이었다. 설온 온몸으로 죽음이 가까워지는 것을 알 수 있었다. 명옥은 뼈의 골격이 보일 정도로 말랐고, 숨을 쉬는 것조차 힘겨워 보였다. 명옥과 전혀 다른 사람이 침상에 누워있었다. 누워있는 명옥은 제 얼굴을 몰라봤으며, 목소리를 내지 못했고 손 하나 까딱하지 못했다. 제가 아는 명옥과 같은 점이 하나도 없었다. 설은 금방이라도 지금이 명옥의 마지막 숨일까 봐 겁이 났다. 저의 사정을 아는 사람들은 오가며 저마다 위로랍시고

한 마디씩 건넸다.

모두 신의 뜻이다.

그러나 명옥도, 신부님도, 마을의 그 어느 누구도 모르는 사실이 하나 있었다. 신의 뜻 같은 것은 없다는 것. 설의 가장 깊은 속에 어느새 뿌리를 내린 사실이었다. 고개를 돌려 그를 외면하려 해도 쉽사리 지나쳐지지 않았다. 설이 의심하기 시작한 것은 명옥의 병이 멈추지 않으면서였다. 설은 신이 왜 자신의 딸을 계속 아프게 하는지 이해할 수 없었다. 명옥은 그것이 할멈의 뜻이기 때문이라 했다. 설은 그 말이 도무지 이해되지 않아 혼란스러웠다. 사람들이 말하는 신의 심보란 참으로 고약해서, 가장 끔찍한 일을 일어나게 하고 그를 신의 뜻이라 칭했다. 설이 보기에 신은 사람들이 듣고 싶은 말을 잘 골라하는 사람에 불과했다. 사람들은 전부 믿고 싶은 대로 믿었다. 병이 나을까요. 앞으로 남편 일이 잘 풀릴까요. 가난이 언제 끝날까요. 온통 고통뿐인 세상 속에서 사람들은 의미를 찾아야 했고 그것이 모여 신이 되었다.

어디에도 신은 없었다. 명옥의 자결을 막은 것은 명옥 스스로였고, 신부님을 멀리 이곳까지 보낸 것도 신부님 자신이었다. 저는 할멈이 보낸 딸이 아니라 버려진 아이에 불과했고, 저를 살린 것 또한 신이 아니라 명옥이었다. 그렇게 서로를 구하고 서로를 죽이며 살았다. 신이 세상을 만든 것이 아니라 세상이 만들어지고 신이 태어났으며, 사람들의 행복보다는 고통 속에서 신이 만들어졌다. 그 괴로움 속에 기질이 예민한 자들은 종종 헛것을 봤고, 그것을 신 혹은 귀신으로 오해했다. 사람들은 손쉽게 예언에 자신을 맞췄다.

그러나 설은 그 모든 걸 알면서도, 자꾸만 기도를 하고 싶어졌다. 허망한 것을 알면서도 계속 바라게 되었다. 못된 버릇처럼 결국 바라는 것이 인간인가 싶었다. 하늘에 펼쳐진 무지개, 솔잎을 갉아먹는 벌레, 가는 길을 멈춰서 쉬는 노인의 숨, 사람을 해하고자 하는 못된 마음. 원수를 용서하는 마음, 해가 뜨고 지는 일, 가장 더러운 변소 같은 모든 것들 속에서 자꾸 신을 만들어냈다. 바라는 마음이 신의 뜻을 만들어냈다. 더 나은 내일을 바라게 하는 것이 신이라면… 정말 그런 것이라면…

할멈. 천주님. 할멈. 천주님. 신령님. 장군님. 조왕각시님. 상제님. 바리만신님. 대감님. 바다의 용왕님. 누구든 소녀의 청을 들어주시오. 바라는 것은 부디 모두가 건강한 것. 마음 상하지 않는 것. 작은 것에도 쉬이 행복할 줄 아는 것. 불행해지지 않는 것. 나쁜 일은 막아주시고 좋은 일은 많이 주시옵소서. 당신의 아이를 어여삐 여겨주시옵소서.

    싸늘해진 신당에 뽀얀 입김이 설의 얼굴 근처를 감쌌다. 끝이 난다는 걸 알면서도 자꾸만 내일이 갖고 싶어 조바심이 났다. 그래서 설은 모든 것을 알면서도 춤을 추리라 결심했다. 그런 스스로가 어리석어 조소가 났지만, 작두를 오르는 발걸음은 가벼웠다. 기꺼이 만신이 되리라. 신이 설을 불러서가 아니었다. 설이 신을 불렀다.

    그대로 몸이 무너져 내린 설은 자꾸만 잠이 쏟아져 눈이 감겼다. 눈앞의 것들이 흐릿해지는 것 같기도 했다. 열린 창틈 사이로 별도 없는 칠흑 같은 밤이 스몄다. 오늘은 겨울답지 않게 유독 날이 따스한 것이 방에 불을 때지 않고도 잠을 잘 수 있을 것 같았다. 설은 자고 일어나면 내일 아침에는 눈이 한가득 내려있었으면 좋겠다고 생각했다. 명옥이 깊은 잠이 들 수 있도록. 아침이 온 줄도 모르게 세상이 조용하도록.

    설의 감기는 눈꺼풀 위에 눈 한 송이가 내려와 앉았다.

먹이
Prey

*

여자는 겨울의 한중간, 가장 추운 밤에 스스로 태어났다.

인체에 기생하여 생을 얻었으나 출산 중 모체는 정신을 잃었고, 질을 찢고 나오는 것은 온전히 여자의 몫이었다. 따뜻하고 촉촉한 양수로부터 던져져 목이 찢어져라 소리를 질렀지만, 그런 그녀를 달래줘야 했을 모체는 눈을 감은 채 가만히 있을 뿐이었다. 그때부터 여자는 외로웠다. 세상에 나는 것조차 홀로 한 탓에, 외로움은 여자가 평생 달고 다니는 지병 같은 것이었다. 여자는 그를 숨기기 위해 종종 화를 냈다. 재채기처럼 여자는 자주 참을 수 없이 외로웠고, 스스로 외로움이 되지 않기 위해 평생을 누군가에게 기생해 살았다. 혼자되지 않기 위해서는 뭐든 했다. 속이고 유혹했으며 버리고 뺏고 죽이고, 심하게는 사랑을 속삭였다. 속여서 이익을 취하는 종은 여럿 있었으나, 영원을 약속하는 동물은 인간밖에 없었다. 외로움은 그 속에서 피어났다. 지켜지지 않은 약속, 말과 다른 행동, 차마 참지 못한 미움, 열등감, 불안, 의심, 배신, 호기심, 관계 속에 있었다.

여자는 인간이 싫었지만, 동시에 가장 강하게 끌렸다. 인간은 여자와 제일 흡사한 외로움을 갖고 있었다. 매일 밤 결국 자기뿐인 몸에 갇혀 죽을 수밖에 없다는 사실과, 매일 아침 다시 태어나 어떻게든 자기 몸에서 벗어나려고 애를 쓴다는 점이 그랬다. 꼭 짜맞춘 듯 딱 떨어지는 몸과 영혼을 가진 인간. 여자는 한 번도 만난 적 없는 그런 인간을 그리워했다. 입 맞추는 순간 삶이 완전해질 단 한 사람. 몇 번이고 이름을 불러줄 사람. 나쁜 꿈을 꾸고 난 다음 손끝에 닿아있을 사람. '그런 사람 없어'하며 젠체하긴 했으나, 늘 마음 한 깊숙한 곳에서 사악한 목소리가 '이 사람은 달라' 하며 여자를 부추겼다. 여자는 그럴 때면 그 사람을 붙들기 위해 뭐든 했으나, 잡으면 잡으려고 할수록 사람들은 오히려 곁에서 떠나갔다. 여자는 인간을 사랑하는 자신을 증오했지만, 인간은 자신을 사랑해 줬으면 했고, 이 모순이 매일 기생할 새로운 숙주를 찾게 했다.

여자가 가장 처음 기생한 숙주는 양어머니였다. 그날은 여자가 싫어하는 생선까스가 점심에 나온 날이었고, 금방이라도 비가 올 것 같은 어두운 날이었다. 보육원의 생활은 규칙적이었고, 예측할 수 있었으며, 그 속에서 조금만 머리를 쓰면 원하는 것을 얻을 수 있었다. 그런 속에서 여자는 지루했다. 여자는 금방이라도 천둥번개가 칠 것 같은 날씨를 좋아했는데, 예상치 못한 일이 일어날 것만 같은 냄새가 공기 중에 맴돌았기 때문이었다. 그날도 날씨가 그랬다. 창밖으로 몰려오는 먹구름을 보고 있던 시야에 하얀색 승용차가 가로질러 들어왔다. 차에서 내리는 사람은 작은 키에 다부진 몸을 가지고 있었다. 짙은 눈썹이 하늘로 솟아나 있는 여자였다. 그녀는 익숙한 듯 차 문을 닫고 보육원으로 들어갔다. 원장이 나와 그녀를 맞이했다. 원장은 여자를 불러 그를 낯선 여자에게 소개해 주었고, 여자는 최대한 눈을 동그랗게 뜨고 얌전한 척 손을 모았다. 얼마 후, 여자는 키가 작은 여자의 딸이 되었다.

새롭게 살게 된 집에서는 여자가 배운 규칙을 전부 새로 배워야 했다. 여자에게는 자기만의 방이 주어졌고, 새 옷과 새 학용품을 받았다. 더 이상 다른 누군가와 모든 것을 나눌 필요가 없었다. 처음으로 갖게 된 여자만의 것이었다. 여자보다 키가 크거나 더 오뚝한 코를 가진 애들. 벌써 어려운 산수를 하거나 착한 아이라고 칭찬이 자자한 아이들을 다 제치고 자신이 양어머니의 딸이 되었다. 보육원에서 가장 못생기고 가장 못 된 자신을 딸로 들인 양어머니의 마음을 알 수는 없었다. 다만, 원장이 처음으로 양어머니를 소개해 줬을 때 양어머니의 눈에서 동정보다 흥미가 일었다는 것은 알았다. 자신을 동정하지 않는 사람이란

드물었고 그래서 여자는 자신이 잘만 군다면 양어머니 또한 자신의 것이 될 것이라 믿었다. 동정은 위에 있는 사람의 것이었고, 흥미는 멀리 있는 사람의 것이었다. 그 편이 쉬웠다.

 새집에서는 보육원에서처럼 사랑을 얻으려 하면 그대로 실패하기 마련이었다. 보육원에서는 눈을 조금 동그랗게 뜨거나, 울려는 시늉을 시작하면 동정을 받았다. 엄마 없는 아이에게 선생님들은 가혹하지 못했다. 하지만 양어머니는 여자의 예측대로 행동하는 것이 없었다. 양어머니는 여자를 어느 순간 사랑했다가, 바로 다음 순간에는 죽이고 싶어 했다. 그리고 여자는 그것이 너무 좋아 침이 고였다. 예상할 수 없는 사랑과 폭력은 다른 개체를 복종시키는 데 아주 유용한 레시피였다. 적절한 그 비율을 여자는 어머니에게 열심히 배웠다. 이것이 내가 물려받은 사냥법이 될 것이다. 책상 밑에 웅크려 마구 자신을 밟는 어머니의 발을 느끼며 여자는 생각했다. 여자는 자기만의 사람이 갖고 싶었다. 흔들리지 않는 관심을, 본인도 모르게 자연스럽게 쫓아지는 시선을, 잊으려 해도 도저히 잊히지 않는 사람이 되고 싶었다. 올려다본 창문 밖 하늘이 투명하게 해를 받아낼 때면, 여자는 화가 치밀어 솟았다. 이런 맑은 날씨에도 행복하지 않은 자신이 짜증이 났다. 그런 날이면 여자는 자기가 몸을 찢고 나온 모체를 생각했다. 그 몸이 살아있었다면 어떤 생을 살았을지 궁금해하며 볼 안쪽을 잘근 씹었다. 다른 개체가 필요했다. 수가 뻔히 다 읽혀서 손바닥 위에 놓고 이리저리 굴려볼 수 있는 숙주. 너무 생각대로 움직여서 지루 할만한 그런 인간.

*

 태어나 처음으로 찾은 숙주는 젖내가 나는 통통한 어린 애였다. 그 애는 운동장을 축구공과 함께 활개 치는 애들과 다르게 혼자 그네를 타는 것을 좋아했다. 여자는 학교에서든 집에서든 자주 남겨졌으므로, 또 다르게 혼자인 다른 개체가 흥미로웠다. 여자는 그를 종종 관찰했다. 그 애는 수업이 일찍 끝난 날이면 집으로 곧장 가지 않고 그네를 타는 척하며 뛰어노는 아이들을 구경하거나, 자기 근처로 공이 굴러오면 안 그런 척 발로 톡 밀어 주기도 했다. 그렇게 공에 발이 닿은 날이면 작은 눈이 더욱 반짝였다. 여자는 그 속에서 어떤 욕구를 읽었다. 욕구를 가진 동물은 움직이기 쉬웠다. 그 애는 교실에서는 보이지 않는 사람처럼 취급됐다. 부러 장난을 치며 못되게 구는 애들도 그 애는 건들지 않았다. 아예 지나쳐 뛰어갔고 선생님들도 종종 그가 거기 있다는 사실을 잊어버리곤 했다. 덩치가 조그만 아이가 아닌네도 그랬다.

 하루는 피구하는 날이었다. 무리 지어서 하는 운동 같은 것에 여자는 흥미가 없었다. 여자는 교실로 몰래 돌아와 시간을 보내기 위해 교실 앞을 지나는데, 그 애가 혼자 교실에 남아있는 것이 보였다. 반장 자리 앞에 서서 빤히 가방을 보고 있었는데, 여자랑 눈이 마주치자 서둘러 교실 밖으로 나가버렸다. 여자는 그를 잠깐 보다가 운동장으로 돌아갔다. 그날 종례 시간에는 담임이 모두 눈을 감게 하고, 반장의 새 축구화를 훔쳐 간 범인이 나오기를 기다렸다. 아무도 손들지 않았다. 여자는 삐져나오는 웃음을 참느냐 입꼬리에 애써 힘을 줬다.

여자가 며칠 그를 보던 어느 날, 초등학교 정문을 지나는 데 비가 오기 시작했다. 당연하게도 우산을 들고 여자와 그 애를 마중 나오는 사람은 없었다. 둘은 간격을 두고 걸었다. 여름비는 굵었고, 뛴다고 해서 피할 수 있는 것처럼 성긴 것이 아니었다. 그 애가 먼저 걷고 여자는 뒤따라 걸었다. 한 발짝 뒤에서 여자는 햇볕에 조금 탄 목덜미를 관찰했다. 목에 닿은 물방울이 그를 타고 흘러 티셔츠 안으로 들어가 하나가 됐다. 손쉬운 먹잇감이었다. 아무나 붙잡고라도 무슨 말이라도 듣고 싶지만 그러지 못해 안으로 미쳐버린 아이 같았다. 비구름이 해를 잔뜩 가린 터라 거리는 낮임에도 어두컴컴했다. 여자는 걸음을 빨리해서 그 애와 간격을 줄였다. 목울대가 꿀꺽하고 울렁이는 게 보였다. 여자는 군침이 돌았다. 비슷한 개체들 사이에서는 아주 조금이라도 더 약한 개체가 잡아먹힌다.

"안녕."

낼 수 있는 가장 보드라운 목소리를 내어 불렀다. 그 애가 멈춰서 천천히 뒤를 돌았다. 젖은 머리카락으로 물방울이 흘러내렸다.

*

 어릴 적은 흐릿한 구석이 많다. 언제 어린 자신을 사랑해 줬다가, 언제 미워해 줄지는 오로지. 양어머니의 마음이었다. 여자는 그런 것들을 몸으로는 느낄 수 있었고, 그런 날이면 정수리가 찌릿했다. 어린 여자는 종종 배꼽 밑에서부터 올라오는 원초적이고 뜨거운 직감으로부터 움직였다. 다 자라지 않은 신체는 어머니의 것보다 훨씬 조그맣고 약했기에 여자는 어떤 밤이면 아주 작은 구석을 찾아 숨었다. 작은 동물이 돌 밑에서 폭풍이 지나기를 기다리는 것처럼, 재앙이 지나기를 기다리는 밤은 길었다. 양어머니는 여자가 본 사람 중에 가장 복잡한 인물이었다. 오랜 시간 그녀를 관찰했음에도 그랬다. 양어머니는 남편 없이 혼자 살았다. 낮에는 잠을 자고 밤에는 술집에서 일했다. 양어머니가 일하는 술집은 돼지 곱창을 팔았는데, 새벽까지 일하고 돌아온 양어머니의 머리카락에서는 그 냄새가 신하게 남았다. 여자는 가끔 그 머리칼의 냄새를 맡으며 입맛을 다시곤 했다.

 처음으로 그 애에게 말을 걸었던 그날 이후로, 여자는 이상하게 밥을 아무리 먹어도 여전히 배가 고팠다. 타인을 내 것으로 하려는 일은 모든 참을성을 다 꺼내 써야 하는 지난한 일이었다. 여자는 허기가 지겨워지고 있었다. 이럴 줄 알았으면 차라리 입양되지 말걸. 보육원에서는 나뉜 관심이라도 받을 수 있었고, 매 끼니 식사도 있었다. 그날은 밥솥에 밥이 떨어진 날이었다. 라면 끓여 먹을 기운도 나지 않는 여자는 방바닥에 늘어져 있었다. 밤이 다되어 집에 돌아온 양어머니는 적당한 소주 냄새가 났다. 여자는 허기가 졌다. 이럴 때 양어머니가 가장 친절했으므로 여자는 이 짧은 틈을 잘 이용해야 했다. 여자는 소파에 늘어져 있는 양어머니의 신경에 거슬리지 않도록, 그러나 정확히 들리도록 최대한 목소리를 가다듬어 물었다.

"어머니 왜 저를 입양하셨어요?"

양어머니의 풀린 눈이 의외라는 듯 움직였다. 마치 여자가 평생 그런 것은 물어보지 않을 것이라고 믿던 눈치였다. 여자는 침샘이 당겨, 입을 크게 벌렸다 오므렸다. 술을 마신 양어머니의 반응은 느렸다. 브라를 벗는 양어머니의 답을 기다리며 여자는 손톱으로 손끝을 눌렀다. 찌릿한 아픔이 간지러움을 달랬다.

"외로우니까."

흐린 발음으로 답을 던진 양어머니는 금세 흥미를 잃고, 곧 코를 골기 시작했다. 잠든 어머니의 머리칼에서 돼지 냄새가 났다.

여자는 종종 하굣길에 그 애랑 놀았다. 함께 그네를 타기도 했고 공 같은 걸 주워서 축구하는 시늉을 하기도 했다. 그 애는 말수가 적었다. 계속 말을 하려다 여자의 눈치를 봤다. 말을 너무 많이 해서 크게 변을 당한 적이 있는 사람처럼. 여자가 그 애랑 놀기 시작하면서, 반 애들도 그 애가 있다는 것을 조금씩 알게 되었다. 그 애는 그 관심이 좋아 보이면서도 어딘가 불편해 얼굴을 찡그렸다. 여자는 그럴수록 그 애가 좋았다. 자신만큼, 혹은 자기보다 더 망가진 존재란 달콤한 것이었다. 여자가 하자는 대로 그 애는 했다. 문구점에서 펜을 훔치자고 하면 훔쳤고, 강아지 놀이를 하자고 하면 개처럼 굴었다. 가끔은 팔을 깨물어봐도 되냐고 물었다. 싫어하는 티를 내곤 했지만 결국 여자가 하란 대로 했다. 짠맛 나는 통통한 팔에 이빨 자국이 여럿 났다. 여자는 그래서 반장의 축구화가 어디로 갔는지 아느냐는 말은 끝까지 묻지 않았다.

양어머니와 여자는 장이 서는 날이면 삼겹살을 구워

먹었다. 양어머니에게는 고기를 잔뜩 먹고 싶은 날이 따로 있는 듯했다. 양어머니는 좋은 고기를 고르는 법을 알았다. 지방이 희고 단단하며, 옅은 선홍색에 윤기가 흐르는 고기. 여자 눈에는 다 똑같아 보이는 것들을 양어머니는 신중히 골랐다. 그렇게 고른 고기를 제값을 주고 사 오면, 프라이팬을 적당히 달구고 고기를 올렸다. 치직거리는 소리와 함께 고기 냄새가 집안에 가득 차자, 여자는 그 짧은 틈이 견딜 수 없어 침을 자꾸 삼켰다. 양어머니는 눈앞의 돼지를 구우며, 보이지 않게 가려진 돼지의 삶을 말해줬다. 돼지가 인간이 그렇게 예뻐하는 개만큼 똑똑하다는 것도, 친해진 인간에게는 애교를 부리며 다가온다는 것도. 그 활기찬 삶을 똑똑히 목격한 채 살생을 저지르는 법도 알려줬다.

"어떻게 숨 쉬는 건지는 알고 먹어야 죗값을 치르는 거야."

고기를 먹을 때면 양어머니는 여자가 배부르다고 밥을 남기거나, 제대로 익지 않은 고기를 먹으려고 하면 팔등을 찰싹하고 때렸다. 밥 먹는 중에 말을 많이 하는 것도 좋아하지 않았다. 그래서 여자는 양어머니가 고기를 좋아하지 않는 것 같다고 느꼈으나, 양어머니는 늘 고기를 먹는 날에 밥 두 공기를 비웠기에, 고기를 좋아하는 것인지 고기 먹는 날을 좋아하지 않는 것인지, 혹은 그 둘 다 아닌지 알 수 없었다. 다만 확실한 것은 양어머니는 고기를 잘 먹었다.

여자는 고기를 먹는 법을 양어머니에게서 배웠다. 가스 레인지 옆 의자를 두고 올라선 여자는 양어머니가 고기를 요리하는 것을 종종 구경했다. 그때면 양어머니는 자신도 어머니에게 배웠다며, 돼지고기는 팬이 잘 달구어진 다음에 고기를 올려야 한다는 것 따위를 알려주곤 했다. 그럴 때면 여자는 어머니의 어머니의 어머니로부터 뭔가를 이어받는 것 같아 기뻤다. 이 종족이 생존하기 위해 얻은 지혜, 그 속에 몇백 년의 폭력이 있었다. 양어머니는 손을 팬 가까이에 해 충분히 달궈졌는지 확인했다.

"마음이 급하다고 서두르면 못 먹을 게 된다."

한 번에 고기를 많이 올려서도 안 되었다. 불판 위치에 따라 화력이 다르니 고기들의 위치를 바꿔서 구워야 했고, 탄 팬은 닦거나 버려야 했다. 돼지고기는 옆면까지 익어가며 빛깔이 변할 때 뒤집어야 하고, 황금빛이 돌 정도로 구워야 했다. 지방이 적은 부위는 약불에, 양념된 고기는 자주 뒤집어야 했고, 소고기는 빨리 뒤집어서 굽고 오래 굽지 않아야 했다. 여자는 고기를 굽는 양어머니의 얼굴을 좋아했다. 양어머니는 집중한 얼굴로 뚫어져라 불판을 바라봤다. 여자는 그런 양어머니의 얼굴이 사나워 보인다고 생각했다.

복날이면 양어머니는 개를 먹었다. 친한 동네 아줌마들이랑 시내에 다녀온다며 하루 종일 집을 비우고는, 글씨가 햇볕에 바래져, 색을 거의 잃은 간판의 보양식 집에 다녀왔다. 강아지를 그렇게 귀여워하면서 어떻게 그를 먹냐며 물었지만, 이미 소주 냄새에 절은 양어머니는 '야, 소나 돼지나 개나…' 하고 그저 집이 떠내려갈 듯 코를 골며 잠에 들뿐이었다. 다음날이면 멀쩡하게 일어나 소고기뭇국을 끓여 동치미와 먹었다. 여자는 그 옆에 앉아 새콤하고 달콤한 동치미 국물을 숟가락으로 호로록 떠먹는 것을 좋아했다. 그러고도 양어머니의 숙취가 덜 풀린 어느 날 저녁에는 함께 길 건너 목욕탕에 갔다.

뜨거운 물에 붉게 익은 양어머니의 몸은 군침이 돌게 탱글탱글했다. 여자는 가끔 눈앞에 보이는 것을 깨물어 보고 싶은 욕구가 들었다. 옆집에 사는 강아지 봉구의 따뜻한 배, 아랫집 이모가 낳은 아기의 통통한 손가락, 함께 그네를 타던 남자애의 어깨 같은 것에 이빨 자국을 남기고 싶었다. 그런 마음은 여자가 주로 아끼는 것들에게 들었는데, 양어머니에게 가장 자주 들었다. 숨이 가빠오는 뜨거운 온탕 속에서 양어머니 바로 옆에 앉아 물장구를 치다가, 더 이상 참을 수가 없을 때 여자는 결국 양어머니의 팔뚝을 크게 한 입 깨물었다. 그럼, 양어머니는 아얏! 하는 큰 소리와 함께

"얘가 또 그러네!"

하고 여자를 밀쳐냈다. 밀린 이마가 아팠지만, 여자는 계속 입맛을 다셨다. 따끈하게 데워진 살결은 물과 섞여 맹탕하게 싱거웠다. 여자가 사실 제일 물고 싶었던 것은 양어머니의 가슴이었다. 축 처지고 커다란 갈색 젖꼭지가 있는 것. 그걸 한입 가득 넣으면 물렁한 살이 송곳니의 간지러움을 달래줄 수 있을 것 같았다. 그러나 양어머니는 그 뒤로 더 이상 여자에게 맨몸을 보이려 하지 않았기에, 여자는 다른 것들을 먹었다. 양어머니의 길고 검었던 머리칼, 양어머니가 되고 싶어 했던 모든 뜨거움, 대학 등록금을 내려고 팔린 금반지 같은 것들을. 그런 것들을 먹고 나면 식곤증이 길게 찾아왔다. 긴 잠을 자고 일어나면 여자는 성큼 자랐다.

*

 가슴이 커지고 생리를 시작하고 나면서는 여자는 좀 더 영리하게 굴 줄 알았다. 가슴을 모으고, 치마를 줄이며 시선을 유혹했다. 여자는 먹는 것에 금방 질렸고 빠르게 다른 것들을 찾았다. 사람들은 여자를 꺼렸지만 그러면서도 여자의 뒷모습에 시선을 한 번 더 던졌다. 여자는 그런 것들을 먹고 자랐다. 어느새 키가 양어머니와 비슷해지고 있었다. 그 사이 여자는 몇 가지 숙주들을 찾았다. 유난히 여자에게 미소를 잘 지어주는 수학 선생님, 인터넷에서 랜덤 채팅으로 대화를 나눈 회사원, 화장실 앞에서 마주치면 괜히 시선을 피하는 같은 반 애, 어깨를 툭 치고 지나가는 한 학년 높은 선배 같은 사람들이었다. 그들은 여자가 좋아하는 부류의 관심을 주었지만, 여자는 늘 배가 부르지 못했고 배꼽 아래가 간지러웠다.

 여자가 가장 좋아했던 숙주는 열일곱 난 소녀였다. 여자보다도 훨씬 얇고 작은 몸을 가지고 있어 그 소녀에게 별 입맛이 돌지는 않았지만, 여자는 자신도 모르게 힘없이 내쉬는 숨소리에 붙들려 한동안 소녀랑 살았다. 또래보다 발목뼈가 훨씬 작았는데 그게 좋았다. 소녀는 주로 하얗고 깨끗한 병동에서 살았다. 여자는 그 건물을 좋아하지 않았지만, 소녀의 몸은 꽤 여자의 입맛에 맞게 맹숭했다. 그래서 학교 끝나고 여자는 종종 병원을 들렀다. 소녀의 몸은 지나치게 작아서 여자가 한 번씩 깨물 때마다 온몸이 떨렸다. 머리부터 발끝까지 같게 진동하는 것이 여자는 너무 기뻐서 가끔은 그 애를 죽이고 싶어졌다.

낮 동안은 하얀 옷을 입은 사람들이 자주 찾아왔지만, 이불속은 그 애와 여자만의 섬이었다. 소녀는 쉽게 잠에 들지 못하는 터라, 여자애는 매일 밤 그녀를 재우려고 하얀 몸을 손끝에서부터 먹어 치웠다. 손톱, 팔꿈치, 겨드랑이, 귀 뒤, 갈비뼈, 배꼽, 허벅지 안쪽, 무릎, 발가락 사이. 여자가 지나갈 때마다 하얀 피부가 발갛게 달아올랐다. 입술, 인중, 코끝, 미간, 눈썹, 눈꺼풀. 그렇게 몸을 덥히면 이마에 송골송골하고 땀이 맺혔다. 작게 열린 입술 틈에서 숨이 색색하고 흘러나오면 소녀는 금방 잠에 들었다. 어떤 날에는 미동도 없이 깊게 잠이 들었다. 낮 동안 몸을 괴롭힌 온갖 바늘이니 약이니 하는 것들로부터 멀리 도망가고 싶어 하는 것 같았다. 여자는 잠든 소녀를 구경하는 것을 좋아했다. 도망가는 사람의 모습에는 처절한 면이 있어 그를 잘 봐뒀다가 외로운 날 꺼내보면 좋았다.

그러나 소녀가 너무 멀리 도망가는 밤에는 소녀가 죽었을지 덜컥 겁이 나 견딜 수 없었다. 들썩거리는 가슴이 아주 미세하게 움직이는 밤이었다. 날 여기에 두고 도대체 얼마나 멀리 가려고. 여자는 화가 나서 소녀의 온몸을 깨물었다. 그러면 귀엽게도 소녀는 크게 기침하며 깨어났다. 한번 그렇게 시작된 기침은 잘 멈추지 않았다. 여자가 너무 심하게 깨문 날에는 먹었던 모든 것이 섞여 나오기도 했다. 휴지로 입가를 닦는 소녀를 볼 때면 따가운 것을 삼킨 듯 목구멍 근처가 아팠지만, 한 번도 사과한 적은 없었다. 미안하다고 하면 소녀가 정말로 사라져 버릴 것 같았기 때문이다. 계절이 몇 번 바뀔 동안 소녀와 살았다. 이 작은 여자애가 죽기 전에 여자는 먼저 떠나야겠다고 생각했다. 죽음은 겪고 싶지 않았다.

둘이 헤어지는 날에 소녀는 말했다.

"안녕, 다시 만나."

*

　양어머니는 나이를 먹었음에도 끊임없이 움직였다. 세상이 완전히 밝기도 전에 눈을 떠서 방을 쓸고 닦고 나물을 무쳐 밥을 먹었다. 해가 뜨면 주민센터에 가서 열심히 에어로빅했고 끝나고는 시장에 들러 부추를 한가득 사 왔다. 점심쯤에는 간단한 밥을 먹고 회관에 가서 다른 여자들과 고스톱을 치거나 날이 좋으면 쑥을 캤다. 양어머니의 하루는 온통 삶으로 가득 차서 여전히 여자가 차지하는 부분은 자주 조금이었다. 그래도 양어머니가 해가 다 진 뒤에 홀로 텔레비전을 틀어놓고 그 빛에 깜빡깜빡 졸 때면, 여자는 마음껏 그녀의 품에 있었다. 양어머니는 노을 보는 것을 좋아하지 않았다. 여자는 품속에서 그녀에게 이유를 물었다. 그러면 양어머니는 한숨처럼,

"죽어가는 거 봐서 뭐 해."

　양어머니는 그런 밤이면 냉장고에 있는 모든 것들을 꺼내고 안을 싹싹 닦은 뒤 다시 원래대로 모든 걸 넣었다. 그러고 홀로 이부자리에 누워 이불을 여러 겹 덮었다. 이불 속 양어머니의 등은 가끔 겁이 날 정도로 싸늘했기에, 여

자는 양어머니가 잠든 걸 확인하고 날개뼈 근처를 아주 조금씩 깨물었다. 깨문 자국이 남은 곳에는 열기가 돌았다. 양어머니는 여자가 고등학교를 졸업하고 나자, 어떤 남자랑 같이 살았다. 가게에 자주 왔다는 양어머니보다 여덟 살 어린 남자였다. 앞니 옆 송곳니가 덧니처럼 툭 튀어나온 남자였는데, 떡이나 과일 같은 걸 먹을 때마다 특이한 잇자국을 남겼다. 여자는 그걸 가끔 유심히 봤다. 그때쯤부터 양어머니의 목에 울퉁불퉁한 잇자국이 남았다.

 여자는 더 이상 양어머니와 살지 않았고, 여자는 이리 저리 숙주를 옮겨 살았다. 몇 번이고 대상을 바꿔 살다가 어느 날은 이혼하고 자식도 없이 혼자 사는 한 남자랑 살았다. 저녁이면 소주를 매일 한 병씩 마시던 남자. 그는 이미 긴 겨울에 지쳐있었고 그런 남자의 몸을 훔치는 것은 꽤 쉬운 일이었다. 술이며 담배로 약해진 몸과 마음에는 단 한 번의 추운 밤. 그거면 되었다. 여자는 천천히 오랫동안 남자를 먹었다. 그를 아주 뜨겁게 만들었다가, 목이 다 쉬도록 만들었다가, 고개를 숙이면 자기도 모르게 눈물이 흐르게 했다. 눈물을 흘리게 하면 할수록 남자는 여자의 것이 되었다. 남자가 우는 빈도는 여자와 함께할수록 점점 늘어났고, 처음에는 그것이 기뻤지만 이내 점점 지겨웠다. 그의 눈물은 주로 그를 위한 것이었지, 여자를 위한 건 없었기 때문이다. 여자는 외로워지고 있었다.

 남자가 다른 것들에도 먹히고 있다는 사실은 너무 쉽게 보였다. 미세하게 어긋나는 시선, 꼼지락거리는 손가락, 갑자기 새로운 냄새가 나는 옷깃 같은 것 속에 진실이 있었다. 여자가 짐을 싸 떠나려고 하면 눈물 흘리며 매달리면서, 조금 괜찮아졌다 싶으면 남자는 뒤에서는 다른 여자를 찾았다. 허기가 계속되자, 힘이 빠졌다. 여자는 자신이 점점 약해지고 있다는 걸 눈치채지 못할 정도로 배가 고팠는데, 평소 같았으면 다른 숙주를 찾아봤을 법한 순간에도 여자는 기력이 없었다. 그런 새벽이면 여자는 양어머니를 떠올렸다. 양어머니가 어떻게 '너처럼 이기적인 년을 누가 좋아하냐.'라고 말하곤 했는지 정확하게 기억해 내려고 했다. 그래야 스스로를 더 미워할 수 있었다.

 원래 여자는 먹성이 좋았고 무엇이든 삼킬 수 있는 목구멍을 가지고 있었다. 개고기, 양고기, 바닷장어, 닭발, 돼지 허파, 소 창자, 타액, 분노, 실망, 두려움 같은 것들을 여자는 꿀꺽꿀꺽 삼킬 수 있었다. 한 번은 닭 한 마리를 통째로 삼킨 적이 있었다. 그날은 뒷골목을 살갗이 많이 드러난 옷을 입고 돌아다녔던 날이었다. 여자는 많은 사람들 사이에서 몸을 부대꼈다. 그곳에 있는 사람들은 계속 웃는 낯이었지만 여자는 그들과 함께할수록 기분이 좋지 않았다. 여자는 그 속에서 자신을 세게, 창자가 튀어나올 정도로 세게 안아줄 사람을 찾았지만, 올려다볼 정도로 커다란 몸을 가진 사람이나, 갈비뼈가 보일 정도로 얇은 몸을 가진 사람이나, 모두 안기고 싶은 사람뿐이어서 그날 새벽에 집에서 닭을 통째로 먹었다. 그날 먹은 닭이 덜 익었던 탓일까. 양어머니의 말대로 참지 못해 못 먹을 것을 먹어버린 것일까. 여자는 그날부터 먹은 것을 전부 토해내기 시작했다. 평생 한 번도 없었던 일이었다.

*

 어떤 것도 삼키지 못할 지경이 되자, 병원을 찾아갔다. 아무리 자신의 몸에 관심이 없는 여자였지만 허기가 지는 것은 견딜 수 없었다.

 그러나 병원에서 여자는 생각지도 못하게 초음파 사진을 들고 왔다. 벌써 4주였다. 이게 여자의 몸에서 자란 지는. 입병이 난 혀를 굴리니 아린 맛에 침이 나왔다. 4주. 한 달 동안이나 이게 몸을 몰래 빼앗고 있었다. 속을 답답하게 누르고 있는 체기가 계속 일상처럼 있었다. 여자는 공포가 치밀어 올랐다. 인생에서 이만큼 겁이 난 적이 없었다. 야금야금 자신을 훔치고 있는 대상이 자기 배에 들어 있었다는 게. 여자는 아무도 없는 불 꺼진 방 안에서 자신의 배를 노려봤다. 희미한 불빛으로 보이는 배가 전보다 조금 나온 것 같기도 했다. 여자는 주먹을 쥐어 배를 힘껏 때렸다. 우리한 아픔이 퍼졌다. 안에 있는 그것도 아플지 궁금했다. 그러나 여자가 느끼는 고통은 온통 뒤섞여, 아무래도 배 안의 그걸 없애기 위해서는 자신의 몸 일부 또한 뜯어내야 할 것 같았다. 어디부터가 내 몸이고 어디까지가 그것의 몸인지 여자는 잘 파악할 수 없었다. 허기진 배에서 신물이 올라왔다.

 여자는 한동안 바닥에 누워있었다. 시계 초침 소리가 방안을 울렸다. 여자는 자신의 몸 하나하나를 생각했다. 오른쪽 엄지손가락, 손바닥, 팔, 팔꿈치, 어깨. 거기까지는 아직 자신의 것이었다. 그러나 점점 아래로 내려갈수록 몸이 여자의 것인지 그것의 것인지 경계가 모호해졌다. 식도를 타고 가슴, 위장, 자궁, 항문으로 내려가며 남의 것이라는 감각이 이어졌다. 의지대로 움직일 수 있는 것보다는, 어떤 거대한 힘에 막혀 움직이지 못하거나 살살 달래며 움직여야 하는 일이 많아졌다. 힘없는 손끝이 바닥을 향해 있었다. 여자는 익숙한 무력에 기시감이 들었다. 양어머니의 발밑에서 느끼던 감각. 아무리 발버둥 쳐도 머리끄덩이를 잡혀 꼼짝 못 했던 모텔방, 치마가 너무 짧다며 뺨을 맞고 뜨거워진 볼 안쪽의 맛. 문득, 그러고 보니 여자의 몸이 온전히 여자의 것이었던 적이 별로 없었다는 게 떠올랐다. 너무 말라서, 너무 뚱뚱해서, 너무 나서서, 너무 게을러서 사람들은 여자의 몸을 함부로 했다. 어차피 세상의 모든 것은 마음처럼 되는 것이 없었다. 자기 몸까지도. 지금 와서 굳이 제 것이라고 외치는 것이 조금 늦었다는 생각도 들었다. 여자는 태초부터 먹히고 있었다.

그것은 하루가 다르게 성장했다. 그것은 여자의 몸을 안쪽으로부터 파먹었다. 여자의 속은 점점 비어갔다. 여자는 전에 먹던 것들을 많이 포기해야 했다. 뱃속의 그것이 원하는 음식은 따로 있었고 여자는 더 이상 잘 알지도 못하는 남자의 정액이나, 어깨에 기대어 우는 여자의 눈물 같은 것을 먹지 못했다. 여자는 점점 말라갔지만 배만 동그랗게 자꾸 부풀었다. 배가 허리를 눌러 엉덩이 위쪽이 송곳을 박아 넣은 듯 아팠다. 아픈 속에 웅크려 조용히 혼자 있을 때면, 처음으로 제 심장 소리가 아닌 것이 들렸다. 콩. 닥. 콩. 닥. 제 것보다 훨씬 빠르게 뛰는 심장이 낯설어 여자의 심장도 거기에 맞춰 빨리 뛰었다. 여자는 자꾸 그것에게 말을 걸고 싶은 마음을 눌러야 했다. 거기 있냐고. 몸속은 편안하냐고 묻고 싶은 걸 애써 삼켰다. 물었다가 답이라도 들으면 큰일이었다.

여자는 점점 병원 가는 날을 기다리게 되었다. 내 몸에서 들리는 내 것이 아닌 소리가 여자를 유혹했다. 여자는 거기에 깜빡 속아 얼마나 내 몸이 내 몸이 아니게 되고 있는지 잊었다. 여자는 파괴되는 몸을 남의 것처럼 구경했다. 병원에서 나온 하늘은 금방이라도 비가 내릴 듯 어두웠다. 여자는 아주 오랜만에 기분이 좋았다. 자기 몸에 생겨버린 침입자를 마주하고 나니, 어쩔 수 없다는 무력이 더 몸소 다가왔다. 온전히 복종하는 것에서 오는 낯선 쾌감이 온몸을 감쌌다. 완벽한 패배. 모든 것을 전부 놓는 포기. 그것은 여자에게 절망이 아니라 자유를 줬다.

　더 이상 다른 인간에게 기생하지 않아도 된다는 선택지를 여자는 처음으로 고려하기 시작했다. 더 이상 둘이 되기 위해 노력할 필요가 없었다. 진작 이럴걸. 여자는 이제 둘이 되기 위한 하나가 아니라 둘로써 살기로 마음먹었다. 괴롭고 슬프고 화나고 절망스럽고 우울할지라도 더 이상 혼자는 아닐 터였다. 그것은 희망이자 고문이었다. 여자의 몸을 마디 하나하나 부수고 아프게 하고 먹이고 먹힐, 마침내 파괴의 시작이었다.

*

　장마철 내내 습하고 어둡더니 간만에 비가 그친 날이었다. 여자는 밀린 빨래를 잔뜩 해서 널었다. 이제 배가 제법 나온 터라 움직이는 것이 쉽지 않았다. 같이 살던 남자 집에서는 병원에 다녀오자마자 나왔다. 더 좋은 것을 먹어야 했다. 그래야 더 좋은 것을 뱃속의 것에게 먹일 수 있었고, 그러면 온전한 둘이 될 것이다. 그래서 여자는 제일 맛있는 걸 먹었던 곳으로 돌아갔다. 매번 실망을 반복하게 되지만, 가장 처음 맛봤던 그것. 너무 강렬하게 머릿속에 남아있어 저주가 되어버린 그 맛. 가장 맛있는 고기를 먹었던 양어머니 집으로 갔다. 그러나 어느 날 돌아간 집에서 예상치 못한 것을 마주했다. 양어머니가 쓰러져 죽어있었다. 아직 따뜻한 온기가 남아있는 채였다.

　현관을 벗어나 들어가자마자 쓰러져 있는 양어머니와 눈이 마주쳤다. 머리에서 흘러나오는 피만 아니면 편안히 잠들어있다고 믿을 법했다. 발가벗은 채로 욕실에 몸을 걸쳐 쓰러져 있었다. 늙은 몸을 가진 양어머니는 얼마 전부터 기력이 없었다. 혼자 무리해서 씻으려다가 미끄러져 쓰러진 게 분명했다. 병원에 다녀와 씻겨 주겠다고 했음에도 기어코 잘 가누지도 못하는 몸을 일으킨 모양이었다. 양어머니는 어릴 때부터 여자에게 몸을 보이는 것을 좋아하지 않았다. 그게 결국 일을 친 것이다. 돌아온 여자가 서둘러 코 밑에 손가락을 가져다 댔을 때는 고요하게 늦은 후였다.

양어머니의 숨에서 죽음 냄새가 난 것은 몇 달 전부터였다. 커다란 냄비도 번쩍 들던 양어머니는 어느 날부터 무 하나도 자르지 못했다. 언제는 장 한복판에서 쓰러져 병원에 실려 가기도 했다. 여자는 그것이 감히 자신을 버리고 세상을 떠나려 하는 것 같아 화가 났다. 점점 총기가 사라지는 양어머니를 보며 여자는 잇몸이 간지러웠다. 식도를 지나 위장에서 분해되어 온몸으로 소화되고 나면 피와 살이 되어 오래도록 함께할 수 있을지도 몰랐다. 양어머니가 병원에 다니기 시작한 뒤로 여자의 입덧은 더 심해졌다. 양어머니가 아닌 다른 것은 맛이 있을 것 같지 않았다. 밥을 먹어도 반 이상 남기거나, 억지로 먹은 날에는 밤새 구역질이 났다. 여자는 자신이 먹지 못하더라도 양어머니의 밥은 매 끼니 먹였다. 그렇게 성심성의껏 돌봐도 양어머니는 아무것도 못 하고 침대에 누워 말라가기만 했다. 여자는 생 어느 순간에도 그렇게 마른 양어머니를 본 적이 없었다. 양어머니의 눈은 허공 속에서 빼앗겨진 삶을 찾았다. 그러면 여자는 혹시라도 그걸 먹은 것이 자신임을 알아차릴까 봐 서둘러 불을 끄곤 했다.

 여자는 양어머니가 죽었다는 사실을 깨닫자마자 심한 허기가 밀려왔다. 거대한 파도처럼 여자를 덮쳐와 손이 벌벌 떨리기 시작했다. 뭐라도 빈 몸 안에 넣어야 했다. 대신 위장이 크게 소리를 내며 몸을 뒤틀었다. 눈앞이 깜빡거리고 어지러웠다. 위장이 작게 쪼그라졌다가, 소리를 내며 소용돌이쳤다. 여자는 서둘러 먹을 것을 찾았다. 냉장고를 열자, 오래전에 사둔 랩에 쌓여 붉은색을 잃어가고 있는 삼겹살이 보였다. 후라이팬을 꺼내 불을 켰다.

 여자는 팬 위에 올리고 있던 손바닥이 따뜻하다 못해 뜨거워질 때 다시 정신을 차렸다. 팬은 고기를 올리기에 적당히 달궈졌다. 그러나 삼겹살 랩을 벗기다가 마주한 껍질에 박혀있는 하얀 털에 여자는 정신도 못 차리고 싱크대에 얼굴을 박았다. 목에 핏줄이 바로 섰다. 여자는 일어서 눈물이 고인 눈을 닦았다. 괜찮아졌나 싶을 무렵 다시 토기가 올라오고, 더 이상 게워 낼 위액도 없겠다 싶을 때쯤 여자는 지쳐 바닥으로 녹아내렸다. 대충 물로 헹군 입이 텁텁했다. 바닥에 붙은 여자는 남의 몸인 양 그렇게 힘없이 있었다. 남의 몸에서는 바람이 새듯 숨이 색색 흘렀다. 모녀가 나란히 바닥에 있었다. 둘 중에 숨이 흘러나오는 것은 하나뿐이었다.

여자는 다시 꺼내놓은 삼겹살을 봤다. 다시 몸 안의 위장이 꿈틀거렸다. 조금이라도 더 보고 있으면 토기가 쏠릴 것이다. 이번에는 욕실 앞 죽어있는 양어머니를 봤다. 이번에는 이가 간지러웠다. 여자는 이제껏 먹었던 것 중에 가장 맛있었던 것들을 떠올렸다. 김이 모락모락 나는 시고 매운 맛의 김치찌개, 양푼 가득 비볐던 윤기 흐르는 잡채, 참기름 향이 솔솔 나는 따끈따끈한 김밥, 비 오는 날이면 바싹하게 구워주던 부추전, 서둘러 수제비 반죽을 떼던 손, 조물조물 밥을 뭉쳐 입에 넣어주던 양어머니의 손가락. 어디까지가 양어머니이고 어디까지가 음식인지 여자는 더 이상 구분할 수 없었다. 그래서 여자는 양어머니를 잘랐다.

머리

목

팔

팔꿈치

손목

손가락

배

골반

허벅지

무릎

종아리

발

발가락

 치익 하는 소리와 함께 육 내가 집안을 감쌌다. 여자는 자꾸 차오르는 침을 거듭 목구멍으로 넘겼다. 살이 달구어진 금속에 닿아 작게 치익거렸다. 여자는 또 한 번 침을 꿀꺽, 삼켰다. 귀 뒤쪽 침샘이 당겨 견딜 수 없을 때쯤, 고기가 적당히 갈색으로 변했다. 붉은 피를 흘리는 생명에서 입안에 넣을 음식 거리로 변했다. 여자는 서둘러 불을 끄고, 그 자리에서 젓가락을 들고 그 덩이들을 입에 넣기 시작했다. 고소한 기름과 코끝을 치는 고기의 체취, 탱글한 듯 부드러운 피부와 근육을 어금니로 짓이겼다. 꿀꺽, 한 덩이. 꿀꺽, 두덩이. 마침내 프라이팬이 텅텅 비자 몸 안은 만족스럽게 몸을 꿈틀댔다. 또 한 번의 여자의 패배였고, 그것의 승리였다. 배부른 여자의 콧구멍에서 자장가처럼 숨이 흘러나왔다. 이제 여자는 평생 중 가장 깊은 잠을 잘 것이다.

*

 아주 작은 존재가 다리 밑에 있다. 몸을 동그랗게 말고 숨을 색색거리면서 여자의 선잠을 방해한다. 그것에게 아주 꿀같이 달콤한 냄새가 흘러나온다. 그 냄새가 여자의 코를 흘리고, 정신을 빼앗아 다른 생각 따위 아무것도 못하게 한다. 남의 숨소리를 듣는 일은 아주 까마득하게 오래전부터 해온 일 같다. 들숨 한 번, 날숨 한 번. 들숨 한 번, 날숨 한 번. 반전 없을 그 순간을 뭐가 신기한지 계속 듣다가 잠에 든다. 자면서도 다리는 움직이지 못한 채 긴 밤을 견딘다. 그러다 너무 깊은 잠이 여자를 움직여 그만 엉덩이로 그 작은 것을 뭉개버린다. 툭, 하고 안에 있던 것이 터졌다. 생리혈같이 붉은 피가 온 침대를 적신다. 피가 매트리스를 넘어 바닥까지 축축이 적신다. 여자는 다리 사이가 서늘해 잠에서 화들짝 깬다. 건조한 바닥이었다.

 따갑게 침투하는 아기 울음소리가 여자를 불렀다. 태어난 지 백일도 되지 않은 작은 것이 여자의 모든 안정을 깨뜨리고 있었다. 종속된 여자의 몸은 여자보다 먼저 달려갔다. 여자는 온통 산산조각이 나, 잘라놓은 질과 회음부 사이의 간격으로 누구라도 여자의 정신에 파고들었다. 그 틈으로 작은 생명체가 침투했다. 여자가 행하고자 했던 모든 자기파괴와 자기 위로는 멈춰졌다. 그저 살아남는 것이 급급했다. 여자는 그것의 입에 가슴을 물렸다. 강한 힘으로 뽀얀 액체를 꿀떡꿀떡 삼켜, 배를 불리자, 일순간 세상이 고요해졌다. 여자는 엄마가 되었다.

멀리서 온 거짓말
A lie from afar

*

　경주 외동읍에는 나와 같은 나이의 집이 있다. 그 집에서는 별을 볼 수 있다. 그곳에 가는 날이면 졸음이 다 가시지 않은 몸으로 이불 밖을 나서야 했다. 한번 올라탄 차에서는 한참 자고 일어나 다시 잠들었다가 일어나도 계속 차 안이었다. 도로 위를 꽉꽉 메운 차들은 걷는 것보다도 느리게 움직였고, 창밖은 시간이 멈춘 것 같은 그대로였다. 제자리인 풍경을 보며 나는 길게 하품했다. 너무 가만해 숨이 꼴깍 넘어갈 즈음이 되면 다행스럽게도 시간은 다시 달렸고, 그렇게 조금씩 멀리 있는 집으로 갔다.

　어린 시절의 기억은 제멋대로라, 어떤 것은 또렷이 기억나는 한편 대부분은 모호함 속에 불순물처럼 떠다녔다. 정말 내가 겪었던 일인지 아니면 누군가에게 들어서 내 이야기가 되어버린 것인지 헷갈렸고, 그런 관측 불가능한 순간들은 쉽게 잊혔다. 어린 시절 친하게 지냈던 검은 고양이 같은 것이 그랬다. 흐릿한 기억 속에서 나는 등하굣길을 혼자 하는 아이였다. 남들은 잘 모르는 그 시간 동안 매일 같은 골목에서 만나던 길고양이를 떠올렸다. 같은 골목, 반쯤 그림자에 숨은 채로 별처럼 반짝이던 초록색 눈.

그 앞에 쪼그려 앉아 아무리 말을 걸어도 그는 손에 닿지 않을 거리에서만 꼬리를 살랑거렸다. 그러다 어느 날 내민 손에 다가와 비비던 털이 간지러워 작게 웃었던가, 아니면 끝까지 다가오지 않아 결국 마음을 접었던가. 한 치수 더 큰 운동화를 사야 할 만큼 자란 뒤로는 그를 잘 볼 수 없어서, 자연스럽게 고양이는 기억 속에서 흐려졌다.

문득 그 집으로 가는 지루한 차 안에서 그 고양이가 떠올랐다. 계속 거기 있었는데 평소에는 알지 못했던 것처럼. 시야각 아주 끝에서 갑자기 보게 된 것처럼. 고속도로에서 빠져나와 국도로 접어들자 창문을 열어 작게 틈을 내었다. 풍경은 푸르고 시원했다.

"그런 적이 없다고?"
"너 맨날 옆집 민경이랑 같이 집에 왔는데 무슨 소리야."
"아니야, 정말 있었는데 이만한 까만 고양이…"
"꿈꾼 거 아니야?"

어머니가 대수롭지 않게 말하며 창문을 더 열었다. 창문 틈으로 커다란 바람이 몰아쳤다. 그걸 보고 나도 버튼을 눌러 창을 더 내렸다. 맺혀있던 차 안의 공기는 새로운 것으로 전환되고, 고여있던 생각에도 새로운 공기가 흘렀다. 정말 그랬을지도 몰랐다. 오래된 꿈과 기억은 무섭게도 닮아 있었다. 안개 낀 기억 속에서 완전히 헤매다 보니, 어느새 목적지에 도착했다. 엔진이 꺼지는 소리에 경직되었던 어깨들이 한숨처럼 가라앉았다. 운전석에서 해방된 아버지가 가볍게 피곤한 얼굴로 트렁크에서 가방을 꺼냈다.

벌써 깜깜한 밤이었다. 조용한 거실, 미리 깔아놓은 이불에 서둘러 몸을 뉘었다. 오랜 시간 같은 자세로 앉아온 터라 몸에 닿는 이불의 모든 면이 반가웠다. 이 동네는 저녁 7시만 되어도 거리에 자동차 하나 없었다. 밤 10시가 되면 편의점도 문을 닫았고, 11시가 되면 거리에 사람 흔적 없이 적막했다. 24시간 카페가 골목마다 있는 곳에서 자란 나는 이곳만의 시간에 적응하기 어려웠다. 여기서 시간은 느긋이 걸었다. 앞으로 두 발 갔다가 뒤로 한 발 갔다가 다시 앞으로 가는 왈츠처럼.

자려고 누우면 조금 있다가 아버지의 코 고는 소리가 들려오고, 그러면 하나도 들리지 않던 풀벌레 소리와 개구리 소리가 들리기 시작했다. 숨소리가 한데 섞여 천장으로 올라가고, 빛을 낼 만한 것들은 전부 자느냐 집 밖 가로등과 달빛만이 은은하게 들어왔다. 우리 집이 아닌 다른 집의 냄새. 내 이불보다 조금 더 까칠한 이불의 감촉. 미묘하게 다른 베개의 높이. 왼쪽으로 누웠다가 목이 불편해 위를 보고 누웠다가, 배꼽 근처가 서늘해져 오른쪽으로 누웠다. 이 생소한 자장가들로는 다시 정신이 말똥해질 뿐이라, 방충망 사이의 검은 하늘들을 하나둘씩 모았다. 이 집은 넓게 난 창으로 바로 바깥이 보였다. 그 작은 네모들 사이 밤하늘 속 인공위성인지 별인지 모를 빛나는 작은 점들을 쫓았다.

초등학교 과학 시간에 새로 배운 것이 떠올랐다. 저 별은 여기에서 얼마나 멀리 떨어져 있을까. 우리 집에서 전학 간 지아네 집까지 더욱더, 서울에서 경주보다 더, 아버지가 비행기를 타고 출장 다녀왔다는 캐나다보다 더. 훨씬 더 멀리 있겠지. 5광년 떨어져 있다면 5년 전에 온 빛이고, 그건 5년 전의 별의 모습을 보고 있다고 그랬다. 지금의 지구에서 보는 별의 과거, 이 시차는 매번 나를 매혹하는 데 성공해서 어린 나는 손쉽게 꿈으로 빨려 들어갔다.

*

 이 집에 대한 최초의 이야기는 여름이 되기 전 조금 더운 봄날이다. 이것은 아직 네가 걸을 수 있는 시절의 이야기다. 너는 모두 먹고 남은 쌀밥 조금이랑 돼지고기 잘게 자른 것을 섞어 이 깨진 그릇에 담고 있다. 나는 부엌 언저리에서 실뜨기를 연습하고 있다. 한참 중지에 걸린 실을 검지로 옮겨 거는 법을 연습 중이었다. 부엌에서부터 거실로까지 바람이 집을 가로질러 흘렀고, 너는 그릇을 손에 들고 현관을 나섰다.

"할머니 어디가"
"꼬내기 밥 주러."
"나도 갈래."

 혼자 남겨지는 게 싫어 내 발보다 두 배는 큰 슬리퍼를 질질 끌고 너를 따라나섰다. 동네에는 너를 알아보는 고양이들이 더러 있었다. 골목에 네가 들어서면, 저 멀리서 고양이 한 마리가 꼬리를 살랑이며 눈을 빛냈다. 그러면 잠깐 멈춰 이 빠진 그릇을 멀리 두고 쪼그려 앉았다. 나는 요망하게 다가오는 저 검은 생명이 엊그제 본 고양이랑 같은 고양이인지, 아니면 생긴 것만 같은 다른 고양이인지 구별할 수 없었다. 오래 서 있으면 피부가 따가울 만큼 강해진 햇볕 아래에서 너는 고양이랑 그렇게 있었다. 두툼하고 주름진 손에 고양이는 몸을 문질렀고, 네 옆에 앉아 있으면 더운 이마에 산들바람이 스쳤다. 햇빛은 모서리에 닿아 여러 갈래로 부서지고, 그 봄이 그렇게 기억에 남아 첫 이야기가 되었다.

나는 그때 모든 것들의 이름을 배우고 있었다. 광자, 삼각함수, 체언, 항성, 외행성 같은 이름들을 매번 까먹고 매번 새롭게 배우며 지냈다. 가방 맨 앞주머니 속 손바닥만 한 단어장에는 서툰 곡선으로 영어와 한글이 나란히 쓰였다. 책상 서랍 및 구겨진 교과서들에는 복잡한 것을 한 단어로 말할 수 있게 하는 약속들이 넘쳐났지만, 막상 내가 궁금한 것들의 단어는 그중에 없었다. 친구가 다른 친구랑 귓속말하면 왜 명치 근처가 간질거리는지, 핑크색을 좋아하지 않는 여자애란 어떤 의미인지, 가끔 새벽에 찾아오는 낯설게 슬픈 마음을 뭐라고 부르는지. 그늘진 복도 보다 학교 담장 너머는 지나치게 푸르고 밝았다. 내가 궁금한 것들은 주로 담장 너머에 있었다.

내 이름은 부르는 사람마다 다르게 불렸다. 엄마아빠는

끝 글자만 따서 부르고, 선생님은 성까지 붙여서 정확한 발음으로, 너는 조금 뭉개진 발음으로 한 번에 불렀다. 여자 이름 같기도 하고 남자 이름 같기도 한 내 이름은 너에게서 왔다. 좋은 이름을 붙여야 좋은 인생을 산다면서 너는 나를 갓 낳은 엄마와 절에 갔다. 스님에게서 이름을 받아 여러 개 중 제일 온순해 보이는 이름을 붙였다. 엄마의 마음에 쏙 드는 이름은 아니었으나, 너는 내게 그 이름을 붙일 것을 고집했다. 그러나 네 바람과 달리 내가 걸음마를 할 때부터 그 스님은 수육과 막걸리를 파는 동네 식당에서 자주 보였고, 나는 온순하지 않게 자랐다. 너는 땡중이 준 이름이라 내가 발랑 까지게 자랐다며 중얼거리곤 했다.

평소에는 일절 연락도 안 하면서, 여름방학 동안은 네가 내 엄마였고 아빠였고 친구였다. 아버지는 회사를 그만두고 페인트 가게를 차렸고, 그 가게가 자리 잡느냐 엄마랑 아빠는 바빴다. 혼자 가스불을 켜기에 나는 아직 조금 어렸던 탓에 나는 네 집으로 갔다. 너는 그 방학들 동안 내가 제일 싫어하는 사람이자 제일 좋아하는 사람이었고, 나를 제일 사랑하는 사람이자 나를 제일 미워하는 사람이었다. 나는 네 굽은 등에 등을 맞대고 낮잠을 자는 것을 좋아했고 네 무릎에 누워 귀를 파달라고 조르는 것을 좋아했지만, 네가 아끼는 그릇을 깼을 때 마구 엉덩이를 때리는 손바닥이나 너를 따라간 목욕탕에서 때수건으로 피부가 빨개질 때까지 밀리는 것은 싫었다. 아프다고 소리 질러도 너는 그래야 깨끗한 법이라며 문지르고 또 문질렀다.

둘이 적막한 집에서 밥을 먹고 나면, 남은 것들은 이가 빠진 그 국그릇에 모였고, 우리는 그걸 들고 골목에 나가 고양이를 기다렸다. 어느새 다가온 검은 고양이가 또 빤히 눈을 빛내고 있었다. 내가 혼자 골목을 지나갈 때는 한 번도 나타나지 않으면서, 너랑 함께일 때는 매번 먼저와 울었다. 엇박자로 걷는 네 발걸음과 뒤꿈치를 세게 내딛는 내 발걸음이 이어졌다.

"할머니, 얘 이름 알아?"
"몰라."

가까이 다가온 고양이가 참지 못하고, 네 얇은 종아리에 자기 몸을 문질렀다. 왔다 갔다, 왜 이제야 왔냐며 앙탈이었다. 막상 나타나지 않은 건 본인이면서 매일 밥을 남겨둔 너를 탓했다. 볕에 달궈진 검은 털이 따끈했다.

"맨날 보잖아."

"그런다고 우째 알어."

나는 옆에 쪼그려 앉아 고양이의 엉덩이를 두드리며 잘린 꼬리를 구경했다. 엊그제 밥 준 고양이는 꼬리가 멀쩡했는데. 뭉툭한 끝이 털에 가려져 있었다.

"아팠겠다."
"오야."

고통 따위는 애초에 없었다는 듯, 조그만 혓바닥이 빠르게 나왔다 사라지기를 반복했다. 기분이 좋은 듯 눈을 질끈 감은 채였다. 나는 그릇 모서리에 혀가 베일까 그를 계속 봤지만, 고양이는 능숙히 위험을 피했다. 너는 엉켜있는 털을 다른 한 손으로 빗질하듯 만졌다. 나무 그늘이 가무잡잡한 얼굴 위에 간질이듯 흔들렸다.

"할머니, 할머니가 키우면 안 돼?"
"안돼."
"왜?"
"나는 짐승이 좋은데 마음이 아파 거두지 못해."

눈을 감고 혀만 움직이는 고양이를 봤다. 귀가 잔뜩 뒤로 젖혀져 있다. 어떤 경계도 하지 않고 완전히 몸을 맡기는 생물이 낯설었다. 네 손이 그 귀 사이를 훑었다. 고양이는 먹는 것도 잠깐 멈춘 채 몸을 완전히 맡겼다.

"가끔 이렇게 눈감고 만지. 그럼 오래 안 까묵을까 봐."

동그란 손바닥이 고양이의 코, 이마, 귀, 목을 넘어갔다. 약하게 떨리는 손끝이 고양이의 실루엣을 더듬었다. 고양이 모양의 구멍을 너는 가슴에 만들고 있었다. 언제든지 모양을 기억할 수 있게.

얼마 전의 너는 친구가 죽었다고 했다. 아침부터 어디 갈 채비를 하길래 물었더니 장례식장에 간다는 것이다. 오랜 친구가 떠났다면서. 너는 괜찮냐고 내 물음에 한참 있다가 가라앉은 목소리로

"벌써 우째 생겼는지 까묵어빘다. 그 가시내"

더 자세히 봐둘걸. 한숨처럼 내쉬었다. 그 말에 나는 뭔가를 말하려다 말고, 그냥 '잘 다녀와'라고 너 가는 길에 덧붙였다. 새삼 어떤 일은 도무지 익숙해지지 않는구나 싶었다. 그러나 돌아온 네 얼굴이 너무 아무렇지 않아 보여서, 금세 없던 일이 되고 말았다.

적당히 배를 불린 고양이는 몸을 길쭉하게 늘리더니, 다시 그림자로 들어갔다. 너는 바지에 묻은 까만 털을 그대로 둔 채 일어나 집으로 향했다. 나는 손에 낯선 냄새가 남아 그를 옷에 슥슥 문질렀다. 집으로 돌아와 우리는 티비를 켜놓고 꾸벅꾸벅 졸았고, 바깥은 깜깜했다. 너는 딱딱한 베개를 베고 모로 누워 눈을 깜빡깜빡 느리게 떴고, 나는 그런 네 숨소리를 듣다가 잠이 왔다. 눈을 감았다 뜨면 벌써 해가 다 지고 익숙지 않게 깜깜한 저녁이었다. 거실 시계 속 뻐꾸기가 여덟 번 울고, 하얀 점 같은 별이 하늘에 박혔다. 잠깐 졸았을 뿐인데 이야기는 벌써 다음 장으로 넘어가 있다.

*

　벌써 해가 넘어가고 있었다. 겨울에는 해가 속절없이 힘을 잃었다. 겨울 시골에는 더더욱 할 것이 없었다. 너는 인터넷이라는 것을 전혀 몰랐고 나는 그래서 하루 종일 티비 채널을 돌리며 투니버스를 찾았다. 너는 시장에 가거나, 회관에 가거나, 옆 동네 과수원에 일을 하러 갔고, 나는 네가 돌아올 때까지 티비를 보다 잠들거나, 어느 날은 너를 따라나서거나 아니면 함께 산책을 나서곤 했다.

　시골의 밤은 힘이 세기에 산책하러 가려면 그가 더 활개 치기 전 다녀와야 했다. 파카 지퍼를 끝까지 올린 너는 발끝을 양쪽으로 활짝 벌린 채 걸었다. 어제 녹다 만 눈 위로 사각거리는 발자국이 엇박자로 찍혔다. 펭귄처럼 걷는 네가 나는 그저 재밌었다.

　"이거 봐, 할매처럼 걷기."

　너는 그런 나를 보고 마주 웃었다. 어떤 마음으로 네가 웃었을지 나는 알지 못한다. 다리가 아픈 너는 한 바퀴를 걷기 위해 수없이 멈췄다. 다행히 나는 아직 많은 것들이 재미있을 시기라 그게 지루하지 않았다. 땅바닥의 흙을 한 줌 쥐어도 보고, 멀리 있는 돼지우리를 보려고 발끝도 늘려보고, 나무 위의 쌓인 눈을 몰래 입에 넣어보기도 했다. 손이 빨개질 즈음이 되면 너는 다시 일어나 앞으로 갔고, 나는 잠깐 걷다가 또 멈춰서 너를 기다렸다. 초저녁 노란 금성이 서쪽에서 빛나고 있었다.

우리의 속도 차이 때문에 평소보다 훨씬 오래 걸린 산책을 마치고 돌아오면, 나는 발간 볼로 부모를 그리워하며 소파에 돌아누웠다. 일찍 지는 해 때문에 왠지 더 서럽다. 몇 밤만 자면 데리러 온 댔더라, 세는 법이 익숙하지 않아 그를 금세 까먹었다. 낮에 전화한 엄마는 바쁘다며 몇 마다하지 않고 끊어버리고, 아빠는 할머니 말 잘 듣고 있으라는 말뿐인 아쉬운 통화가 미웠다. 그런 날이면 늦게까지 나를 잃어버려서 괴로워하는 엄마 아빠의 모습을 상상하다가, 내 잘못이라고, 우리 소중한 딸을 멀리 보내버리는 게 아니었다고 하는 모습을 만들어내다 잠이 들었다. 그런 날이면 꼭 늦잠을 잤다. 너는 그러면 나를 다급하게 흔들어 깨웠다.

"야야, 빨리 인나 봐바라. 밖에 온통 눈이다."

졸린 줄도 모르고 엉망인 머리카락으로 일어나 벌떡 창가로 갔다. 세상이 하얗게 덮이는 날을 손꼽아 기다려왔기에 잔뜩 부푼 채로, 창가로 간다. 그럼, 그곳에는 어이없게도 어제와 같은 황량한 풍경뿐이었다.

"할머니! 왜 거짓말해!"
"해가 벌씨로 중천에 떴다. 빨리 씻고 밥무."

 손녀의 분노를 아무렇지 않게 넘긴 너는 나를 욕실 쪽으로 등 떠밀어 놓고, 깨끗한 새 밥을 떴다. 밥솥을 열어 눈처럼 가장 뽀얗고 가장 촉촉한 부분을 양껏 담았다. 네 다리가 말을 듣지 않기 시작했으므로, 엉덩이를 팔로 끌고 내가 바닥에 내려놓은 밥솥 앞에서 열심이었다. 그 고소한 냄새에 이미 잠도 깬 참에다 배도 고파져 더 이상 화가 나지 않았다. 다시는 너의 말을 믿지 않겠다고 다짐했지만, 그 뒤로도 몇 번이나 허탈한 아침을 맞이했다.

 너의 말은 때때로 달라졌기에 무엇이 진실이고 무엇이 거짓인지 알기란 쉽지 않은 일이었다. 너는 그걸 부러 그렇기도 하고, 혹은 정말로 중요하지 않았기에 자주 거짓말을 했다. 고구마 튀김이라고 했으면서 단호박 튀김이었고, 시장에 다녀온다면서 회관에 다녀왔다. 가스불을 껐다면서 불은 켜져 있었고, 열쇠를 잃어버렸다면서 네 손에 열쇠가 있었다. 너의 오른쪽 무릎에는 손가락 두 마디 정도 되는 검붉은 얼룩이 있었는데, 그에 관해 물을 때마다 답은 매번 새로이 쓰였다. 어떤 저녁에는 젊었을 적 도망간 소를 잡느냐 생긴 흉터라고 했고, 어떤 점심에는 어릴 적 오라버니랑 놀다가 넘어져 생겼다고 했다. 소주를 마신 어떤 날에는 들개가 그랬다고 했고, 기운이 없는 어떤 날에는 갓난아기 때 어머니가 너를 잃어버리지 않기 위해 새긴 상처라고 했다.

나는 보통 그 장난들을 익숙하게 넘길 수 있었지만, 엄마가 왜 나를 데리러 오지 않는지, 몇 밤이 지나도 왜 전화를 주지 않는지 물을 때는 화가 났다. 너는 한 번도 대답하지 않은 적이 없었으나, 늘 네 말이 거짓이었기 때문이다. 끝까지 너는 어떤 이야기든 만들어 냈다.

"서울에 눈이 너무 많이 와서 그래."
"도로가 꽉 막혔단다. 그래서 늦는 거야."
"쪼매 있으면 온단다. 참말로."
"엄마도 니 너무 보고 잡은데, 일이 억수로 많아서 너무 바쁘단다."
"할미 말 잘 듣고 얌전히 있으면 다시 집에 갈 수 있어."

나는 그런 말들을 들으며 무거운 이불을 머리끝까지 뒤집어썼다. 너는 그런 나에게 몇 번이고 군고구매를 권하지만, 그 달콤하고 고소한 냄새에도 굴하지 않았다. 두꺼운 이불만큼 미운 세상과 나 사이에 막이 절실했다. 눈물 자국을 이불에 남기며 소리 내지 않고 있다 보면 어느새 지쳐 잠이 왔다. 네가 코를 고는 소리가 들려왔다. 시계 속 뻐꾸기는 또다시 여덟 번 울고, 까무룩 잠에 들었다.

　전날이 전생처럼 아득한 나는 벌써 중학교 2학년이다. 가슴에 몽우리가 생기기 시작하면서 엄마가 사준 브래지어를 찼다. 어른들의 것과 다르게 왠지 구색만 맞춘 듯한 그 속옷이 부끄러웠다. 본인 팔을 베고 모로 누운 너는 그사이 흰 눈썹과 검버섯이 몇 개 늘었다. 그때쯤부터 네가 남들과 조금 다른 점이 있을지도 모른다는 생각이 들었다. 다른 할머니들은 앞뒤가 다른 이상한 말을 하지 않는다던가, 집이 어디에 있는지 깜빡깜빡하지 않는다던가, 어떤 등급이 매겨져 있지 않다는 것을 알게 되었다. 놀러 간 짝꿍네 집에서 만난 짝꿍의 할머니가 너무 티비에서 보던 어른 같아서, 그래서 그렇게 생각한 것일지도 몰랐다. 네 다리가 이제 더 이상 말을 듣지 않아 걸을 수 없게 된 즈음이었다.

"엄마, 할머니는 몇 등급이야?"
"1등급."
"그럼 좋은 거 아니야? 나라에서 돈 많이 준다는 거잖아."
"좋은 건 아니지."
"왜?"

물음에 엄마는 처음 보는 표정만 지었다. 엄마는 너처럼 답을 지어내는 법을 몰랐다. 금세 재미없어진 나는 다시 티비 채널을 돌렸다. 네 병원에 가기 위해 먼 길을 온 엄마는 계속 날이 서 있었고, 이럴 때는 섣불리 말을 걸지 않는 것이 좋았다. 볼만한 걸 찾지 못한 내가 리모컨을 내려놓고 발라당 눕자, 너는 리모컨을 가져가 네가 보고 싶은 것을 틀었다. 시끄럽게 볼륨을 키워 틀어지는 트로트 무대가 신경을 건드렸다.

"할머니, 딴 거 보면 안 돼?"

리모컨을 뺏으려는 내 손을 피해 너는 볼륨을 더 키웠다.

"할머니."

귀가 따가울 정도로 시끄럽게 울리는 노래에 힘줘서 리모컨을 뺏어 전원을 꺼버렸다. 순간 온 집안이 적막했다. 날이 선 엄마와 아침부터 어딘가 정신이 묶인 듯 나를 봐주지 않는 네가 나는 미웠다.

"나는 내 집에서 티비도 맘대로 못 보나."

적막을 뚫고, 너는 처음 듣는 목소리로 그렇게 말했다. 네 목소리는 공간을 가로질러 직선으로 뻗었다. 그렇게 말하는 네 얼굴이 너무나 단호해서 나는 혀가 묶였다. 현관 앞에는 새로 산 휠체어가 놓여있었다.

"나가서 놀아."

엄마는 나에게 천 원 몇 장을 쥐어줬고, 나는 순순히 밖으로 나가 동네 초등학교로 향했다. 발이 자꾸 땅에 끌려서 겨우 다리를 움직여 갔다. 아주 작고 낡은 운동장에서 그네를 탔다. 운동장에 사람은 아무도 없고, 혼자 그네에 앉아 그림자가 왔다 갔다 하는 모습을 봤다. 귓가를 더운 바람이 스쳤다. 그날 나는 조금 자라고, 그렇게 고등학생이 되었다.

너는 이모의 설득에 넘어간 엄마로 인해, 곧 보호시설에 들어간다. 내가 대입 준비를 한다고 한창 바쁜 나날이었다. 늦은 밤 독서실에서 집으로 돌아오면서 나는 하늘을 올려다봤다. 주황색으로 빛나는 가로등 옆으로는 별이 하나도 보이지 않았다. 사람 없는 거리의 새벽 공기에서는 흙냄새가 났다. 한 손에 영어 단어장을 쥐고 횡단보도 앞에서 잠깐 멈춰 섰다. 먹먹한 흐린 하늘 아래였다.

― intertwine : 서로 얽히게 하다, 뒤얽다, 엮다

 이미 알고 있는 의미들을 골라보아도 딱히 어울리는 것이 보이지 않았다. 한국어의 어떤 의미와 다른 어떤 의미, 그 사이에 있는 것 같은 영어 단어는 지독하게도 계속 외워지지 않아서 고생이었다. 단어를 소리 내 몇 번 읽어보고는 넘겼다. 방학이 되어도 서울에 있는 스스로가 조금 어색했다. 멀리 있는 그 집을 생각했다.

 빈집은 너를 기다렸다. 집의 모든 것들은 네 손이 닿았던 그대로 멈춰 있었다. 깨끗하게 빨아 널어둔 행주는 벌써 다 말랐고, 마당에 말려둔 고추도 그대로였다. 방앗간에 떡을 지어오려고 둔 쌀도 부엌 구석에 있었고, 대문 근처에서는 고양이들이 야옹거렸다. 모든 것이 관찰되지 않은 중립에 있었다. 대학 입학을 앞두고 내려온 집의 시간은 흐르지 않고 나는 그것이 답답했다. 나는 이제 그 집에서 원하는 티비 채널을 마음껏 볼 수 있지만, 생각보다 즐겁지 않았다. 주인 없는 고무신이 다시는 쓰이지 않을 걸 모르고 현관 앞에 그냥 있었다. 내 발보다 훨씬 큰 그 신발에 발을 넣어보면 공간이 한참 남았다. 그 신을 다시 두고, 나는 엄마가 새로 사준 나이키 운동화를 신고 현관을 나섰다.

"엄마, 나 나갔다 올게."

은행과 주민센터에서 내라는 종이를 찾느냐 정신없는 엄마는 손을 대충 흔들었다. 나는 네가 오래전 쓰던 자전거를 꺼내 페달을 돌려봤다. 아직, 탈 수 있을 것 같다.

해가 질 녘의 논은 황금빛으로 찬란히 빛났다. 가만한 시골집으로 답답했던 마음이 오래된 자전거로 풀렸다. 논 한가운데를 가로지르며 페달을 밟고 또 밟았다. 지금의 나는 오로지 결말에 일찍 도착해버리고 싶은 못된 마음뿐이었다. 나중에 얼마나 지금을 그리워할지도 모른 채. 바람에 벼가 파도처럼 출렁였다. 발을 빨리 밟으면 밟을수록, 내 볼이 발개지면 발개질수록, 고여있던 시간이 서서히 흐르기 시작했다.

병원 침대에 누운 너는 이제 혼자서 앉을 수도 없었다. 내가 오랜만에 두툼한 손을 잡으면 너는 나를 선생님이라 불렀다. 오로지 맏딸의 이름만 너에게 남았다. 많은 이름을 너는 잃어버렸다. 손녀의 이름, 사위의 이름, 새로운 집이 된 이 병원의 이름. 이름 없는 세계 속에서 네가 얼마나 혼자일지 감이 잡히지 않았다. 나를 없애버린 게 괘씸해 도저히 굳은 얼굴이 풀리지 않았다. 나는 네 모양 구멍을 만들기 위해 너를 어루만졌다. 기억보다 더 얇아진 손목, 여러 겹의 눈가, 굽은 곡선의 어깨를 여러 번 쓰다듬었다. 그러나 아무리 쓰다듬어도 충분치 않았다. 돌아가는 차 안에서 나는 속상함을 감추느냐 창문 밖만 하염없이 쳐다봤다. 까만 하늘에 이름 모를 별 하나가 계속 나를 따라온다.

문득 저 먼 별이 지금은 어떤 모습일지 궁금해졌다. 너무 멀리 있어 그것이 지금 어떤 모습일지는 한참 뒤에나 알 수 있을 그런 별. 아직도 그 자리에 있기는 하는지, 별이 폭발해 사라졌다고 하더라도 지금의 지구에서는 알 수 없이 먼 별. 도착한 빈집의 거실에서는 뻐꾸기가 여덟 번 울고, 나는 그 소리에 잠시 멈춰 섰다. 멀리서 고양이 울음소리가 얽혔다.

*

　성인이 된 나는 어느 날 전화 한 통을 받았다. 그 길로 나는 하고 있던 모든 걸 멈추고 그 집으로 돌아갔다. 반짝이는 작은 점들이 나를 내려다보던 그 집으로. 그것들이 아직 그곳에 있을지 나는 내내 불안해했다.

　네가 죽었다는 말은 아주 터무니없는 거짓말 같았다. 어렸을 때 네가 나에게 하던 것 같은 거짓말. 나 빼고 모두가 어떤 연극을 하는 것 같았다. 그 놀이에 맞춰 몸을 움직였다. 울다가 쓰러진 이모를 챙겨 물을 먹이고, 장례식장을 알아보고, 상조 회사에 전화하고. 모든 일을 해냈다. 누군가 대본에 그렇게 써두어서 그대로 움직여야 하는 배우가 된 것 같았다. 그러나 그런 얼굴 밑으로 아주 오랫동안 기다려온 순간을 맞이하고 있다는 느낌이 들기도 했다. 네가 죽는 날을 나는 몇 번이나 상상했던가. 어떤 밤에 너는 교통사고로 죽고 어떤 날에는 큰 병으로 죽었다. 어떤 날에는 물에 빠져 죽었고 어떤 날에는 술을 너무 많이 마셔 죽었다. 결국 너는 그저 늙어 죽었다.

　연극은 마침내 막을 내려 드디어 집이었다. 어느새 병원도, 장례식장도, 발인도 다 지나온 과거였다. 돌아온 집은 새롭게 적막했다. 낯설게 조용한 것이 편하지 않았다. 금방이라도 네가 시장 갔다가 돌아와 부엌에서 나물을 다듬고 있을 것 같았다. 티비를 소리 높여 켜놓고도 코를 골고 있을 것 같았고, 방을 닦으며 머리카락이 너무 많이 빠진다며 잔소리할 것 같았다.

적막함 속에서 나는 네가 혹시 만들어낸 허상은 아니었는지 문득 의심이 들었다. 네가 이 세상에 없는 게 믿기지 않는 걸 넘어서, 아니 애초에 너는 세상에 존재하기는 했나. 이제 모든 게 기억 속에만 있는데, 우리가 어느 날 다 같이 너를 잊기로 결심하면 너는 없었던 이름이 되지 않나. 네가 세상에 남긴 것이라고는 엇박의 발자국밖에 없을 텐데. 너의 몇 없이 온전한 기억이었던 칼국숫집에 대한 이야기는, 이상한 마름모 모양을 한 너의 발톱은, 수많은 이야기가 담긴 무릎의 상처는, 그 모든 네가 지금 여기 없어서 이 이야기가 너 없이는 잘 믿기지 않았다. 결말을 맞이했어도 여전히 어떻게 해석해 내야 될지 모르겠다.

시야에 이 빠진 그릇이 들어왔다. 그걸 들고 골목으로 나갔다. 아무런 기척도 없는 적막한 골목에 그릇을 내려놓았다. 한참 동안 기다리지만 고양이는 오지 않았다. 나는 그 기다림 속에서 고양이 이름을 지어줘야겠다고 생각했다. 이름을 지어주면, 알아보기 쉬울지도 모른다. 이름을 불러주면 나를 알아보고 올지도 모른다. 이름을 자꾸 불러야지. 어디 가지 말라고. 어디든 무사히 돌아오라고.

결말을 해석하지 못해 장례식장에서 울지 못한 나는 너를 거듭 고쳐 썼다. 계속 쓰다 보면 이야기는 흐려져 뭐가 진짜고 뭐가 거짓인지는, 중요하지 않아졌다. 그저 내가 쓰고 있다는 사실만 남았다. 이야기는 끊임없이 생성되고 소멸했다.

너는 태어날 때부터 거짓에 있던 생이라 했다. 너의 탄생은 주민등록번호에 있는 나이보다 실제로 1년이 느렸다. 실제 태어난 날짜와 신고한 날이 같지 않은 이유는 네 이름이 단 한 번도 보지 못한 언니의 이름이기 때문이었다. 네 언니는 태어난 해에 결핵으로 죽었다. 그에 크게 상심하고 있던 부모는 네가 태어날 때까지 사망 신고를 하지 않았고, 새로 태어난 너를 언니의 이름으로 칭하고 너는 언니로 살았다. 네 시대에는 그런 일들이 빈번했다.

너는 여섯 남매 중 막내로 태어났으나 마음 놓고 어리광을 부린 적이 없다. 우산을 안 가져온 하굣길에 아무도 데

리러 나오지 않았을 때도, 먹고사는 게 바빠 중학교 졸업식에 아무도 오지 않았을 때도, 여자가 대학은 가서 뭐 하냐며 고등학교 졸업 후 바로 공장에 취직했을 때도. 제 생에는 죽은 언니의 몫이 있었다. 태어나 제대로 걷지도 못하고 죽은 생이 제 어깨에 얹혀 있었다. 울고 싶은 날이면 대신 뭉친 어깨를 주무르는 것으로 너는 종종 언니를 생각하곤 했다.

네가 그런 옛날이야기를 들려주는 어느 밤, 그런 삶이 억울하지 않냐고 물었다. 죽은 언니의 이름을 준 부모가 원망스럽지는 않냐고. 내가 물렁한 종아리를 거듭 주물러 줘도, 대수롭지 않게 답할 뿐이었다.

"어릴 땐 그랬지. 근데 내가 애를 낳아 키워보니까 부모 마음도 이해가 가. 어찌나 상심했으면 그랬겠어."

네 눈에 이미 용서가 있었다. 나는 그게 마음에 들지 않아, 대신 너의 이름을 상상했다. 너에게 너만의 것으로 글자를 줬으면 생은 어떠했을까 궁금해했다. 그러나 이야기를 고쳐 쓰면서 나는 글자란 얼마나 덧없는 것인지 생각했다. 너와 마주쳤던 눈, 거칠고 푹신했던 너의 손이 닿는 감촉, 도롱도롱 골던 코 같은 것은 글자에 없었다. 기억과 기억 사이 작은 틈에 있었다. 더 이상 너의 것과 나의 것이 남아있지 않고 온갖 기억이 섞여 전혀 낯선 것이 되었을 즈음이었다. 나는 그제야 그를 멀리서 볼 수 있었다. 네 생은 뭐라고 불려도 오직 너만의 것이라는 것을, 네 이름이자 언니의 이름일 그것 옆에 '사망'이 붙은 가족관계증명서를 받아든 나는 그를 애써 되뇌었다. 관측된 허무가 내려앉았다. 나는 그 앞에 가만히 있다. 어디로도 향하지 않은 채 그저 그곳에 있다. 불이 다 꺼진 집에 가로등 불빛만 스며든다.

불빛이 시계 모서리에 가닿자, 적막을 뚫고 거실 시계 속 뻐꾸기가 여덟 번 운다. 그 소리에 나는 긴 잠이 들고, 잠은 나를 먼 꿈으로 데려간다.

뻐꾹, 나는 지구에서 아주 멀리 떨어진 별로 간다. 그곳에는 아무도 없고 오직 나와 아주 커다란 망원경 하나만 있다. 외딴 별에서 나는 이제 지구를 본다. 지구에서 별을 보는 것이 아니라, 이번에는 별에서 지구를 본다. 단 한 번도 서보지 못한 위치에 나는 감히 두발을 디딘다. 5광년 떨어진 별에서 5년 전 지구를 본다. 아직 네가 죽지 않았다.

뻐꾹, 이제 더 멀리 가본다. 12광년 떨어진 별에서 너는 산책 중 걷다가 멈춰서 정자에 앉아 있다. 그곳에서 너는 옛날에 있었던 칼국숫집에 대한 이야기를 들려주고, 엄마는 정말이라며 고개를 끄덕인다.

  뻐꾹, 어딘가 향하는 네가 다리를 절지 않는다.
  뻐꾹, 더 멀리 가면 너는 집을 짓기도 전이고, 첫 손녀도 태어나지 않았다.
  뻐꾹, 조금만 더 가면 너는 이제 첫 아이를 막 품에 안았을 뿐이다.
  뻐꾹, 더 멀리.
  뻐꾹, 훨씬 더 멀리
  뻐꾹, 더 멀리 가면 너는 그저 소녀이다. 자전거를 아주 잘 타고 볼이 발그레한 소녀. 나보다 어린 너는 거기서 나를 보고 있다. 모든 것이 진짜라고 속삭이며.

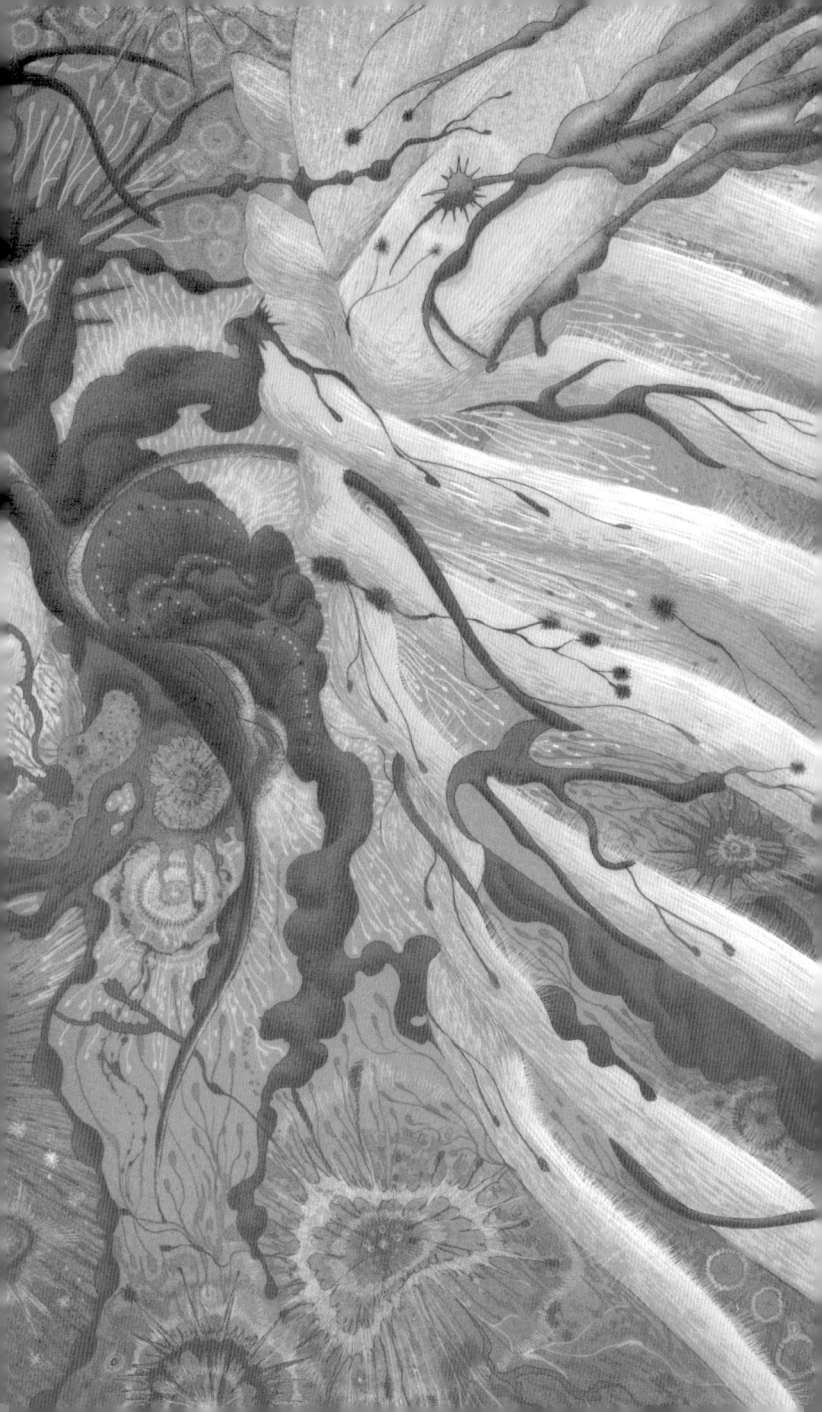

장혜진

책과 영화를 좋아한다. 읽고 싶은 것을 쓰고, 보고 싶은 것을 만든다. 멀리 떨어진 곳으로 떠났다가, 다시 집으로 돌아오는 이야기를 좋아한다. 아직 읽고 싶은 게 많아, 더 잘 쓸 수 있게 되면 좋겠다.

■ 감상 ■

모든 신들의 이름

최유수 (문학가)

두 눈을 감고 한 때의 새를 떠올리는 보르헤스가 정확히 몇 마리의 새를 보았는지는 아무도 셀 수가 없다. 그런데 만약 신이 존재한다면, 새들의 숫자는 확정적이다. 신만이 그가 몇 마리의 새를 보았는지 알고 있기 때문이다. 신은 그동안 장혜진이 소설을 쓰면서 도합 몇 명의 신을 떠올렸는지까지도 다 알고 있다. 그 숫자는 우리로서는 인식이 불가능하다. 셀 수 있는 사람이 아무도 없으므로, 신은 존재한다. 존재해야만 한다. 하지만 장혜진은 신의 가슴을 깨물고, 꿀꺽꿀꺽 삼키고, 하나하나 잘라서, 마침내 신을 모두 먹어치운다. 외로움이라는 뼈까지 아그작아그작 먹어치운다. 먹어치움으로써 사랑을 한다. 신 또한 그녀를 사랑하기 때문에.

  볼테르는 "만약에 신이 존재하지 않는다면, 우리는 신을 발명해내야 한다."고 말했다. 사르트르는 "만약에 신이 존재한다면, 우리는 신을 없애버려야 한다."고 말했다. 리스펙토르는 "내가 신을 발명해내는 한, 신은 존재하지 않을 것이다."라고 말했다. 장혜진은 "고통이 신을 발명했으며, 고통스러운 모든 것에 신이 있었다."라고 말한다. 정말로 모든 것에 신이 있을까? 신이 있거나 없거나 뭐가 중요할까? 더구나 모든 것에? 장혜진이 쓰는 세계에서는 (그 또한 스스로 가끔은 신이 되기 때문에) 꽤나 중요하다. 신을 잃는 자는 길을 잃을 것이기 때문이다. 고통을 모르는 자는 그저 익숙한 것들 사이를 헤맬 수밖에 없을뿐더러, 모든 것들의 이름을 배울 수 없기 때문이다. 우리가 이름을 배울 수 없다면, 거기엔 신도 고통도 존재할 수 없다. 어쩌면 제대로 사랑할 수가 없다. 장혜진이 쓰는 세계에서는 아주 오래된 것들의 이름과 고통이 어머니의 어머니의 어머니로부터 거듭 전해져 내려온다. 소설 바깥의 그는 모든 것들의 이름을 알고 싶어서 계속 이름을 붙이고 있는 사람 같다. 이름을 붙이는 순간 이야기가 태어나기 때문이다. 그리고 끝없이 이어지는 골목들(소설들) 속에서 잃어버린 소중한 것을 찾아 헤매는 사람 같다. 찾으러 왔지만, 결국엔 뭔가를 두고 가는 사람 같다. 길을 잃고 싶지 않아서, 신을 잃고 싶지 않아서. 신에게도 이름 같은 게 있나? 이름이 있거나 없거나 뭐가 중요할까? 어쩌면 모든 것들에 이름을 붙이는 순간 죄다 신이 되는 건지도 모른다. 그러다 보면 길도 신도 선명해지는 게 아닐까. 장혜진은 자신의 소설로부터 모든 신들의 이름을 배우고 있다.

신은 인간을 사랑한다. 침입하고, 파괴하고, 기생한다. 하지만 나는 특별히 신을 믿지 않는다. 내겐 나 자신을 기꺼이 복종케하는 신이 없다. 어쩌면 신은 내게 기생하지 않는다. 기생하지만, 먹어치우지 않는다. 나는 대개 고통스럽지 않기 때문이다. 고통은 분명히 존재하지만, 내가 덜 느끼기 때문이다. 나는 언제쯤 모든 것들의 이름을 배울 수 있을까? 세 개의 세계에서 세 여자가 죽는다. 그 사건들은 거의 동시에 일어난다. 내가 장혜진의 소설을 읽는 동안 정확히 몇 명의 여자를 보았는지는 아무도 모른다. 신만이 그걸 알고 있다. 나는 한동안 바닥에 누워 있었다. 아주 잠깐 졸았을 뿐인데 이야기는 벌써 다음 장으로 넘어가 있다. 그 사이에서 약간의 고통을 배운 듯하다. 두 눈을 감고 한 무리의 여자를 떠올린다. 셀 수 있는 사람은 아무도 없다. 이윽고 다음번의 여자가 죽고 있다. 어머니가, 어머니의 어머니가, 양어머니가, 설의 어머니가, 모든 것들의 어머니가…… 그리고 모든 것을 알면서도 장혜진은 춤을 춘다. 다 알고 있으므로 춤을 춘다. 꽤 오래되었을 춤과 소설이 무섭게도 닮아 있다. 혼자가 되지 않기 위해 장혜진은 스스로 골목에 있다. 다음번의 이름을 기다리고 있다.

별빛들 신인선

| 김민혜 | 지나간 것과 지나가고 싶은 것 |
| 장혜진 | 스스로 있는 여자 |

스스로 있는 여자

지은이	장혜진
편집·디자인	이광호
그림	시승현
감상	최유수
펴낸곳	별빛들
출판등록	2016. 8. 10. (제 2016-000022호)
전자우편	byeolbitdeul@naver.com
홈페이지	www.byeolbitdeul.com
초판 발행	2025년 3월 31일

ISBN   979-11-89885-31-1

* 저작권법에 의해 보호 받는 저작물이므로 무단 사용을 금합니다.
* 잘못 인쇄된 책은 구입처에서 바꾸어 드립니다.
* 책값은 뒤표지에 있습니다.